Ulrike Draesner HOT DOGS

Ulrike Draesner

HOT DOGS

Erzählungen

Luchterhand

in der Verlagsgruppe Random House GmbH
Satz: Filmsatz Schröter, München
Druck und Bindung: GGP Media, Pößneck

ISBN 3-630-87134-8

Inhalt

Gina Regina

Es war Samstag mittag und regnete ausnahmsweise nicht. Wenn es regnete, floß selbst in der Stadt Birkenpollentee den Rinnstein entlang. Durch Stirn- und Nasenhöhlen hing Ginas Hirn nach unten, schmeckte trotz der Regenpause wie eingemachter Birkenpollensud und juckte höllisch. Der Frühling war da und schwang sein buntes Allergienband. Ein Cocktail auf der Haut, ein Extraschuß von Mutter-Droge-Natur. Gina wählte Vulkanrot aus der Musterkarte und setzte sich ins Wartezimmer.

Vor dem Fenster schwankten neongrüne Kräne, in geknickter Haltung erstarrt, an der das Nachmittagsrot, der halbherzige Versuch eines orgiastischen Glühens, sich mühsam abrackerte. Lackierte Brustwarzen waren der neueste Hit, frisch aus Japan importiert.

Man lackierte nicht selbst, sondern ließ lackieren, Vulkanrot zum Beispiel. Ginas Nachbarin auf der Wartebank trug hellgelbe Stoffleinenschuhe. Gina war beruhigt, so eine würde es ihr nicht ausspannen, ihr Pferdchen, ihr Herzchen, diesen Gordian, dessen Ohren ein Loch im oberen Rand hatten – da fehlte einfach ein Stück, als wäre er im Mutterleib angenagt worden. Vielleicht war er deswegen so hübsch; zum Ausgleich. Er bevorzugte weiße

Hemden über der gordischen Brust, die ganz glatt und ohne Brusthaar nur dazu da war, Menschen wie Gina durch eifriges Aneinanderpressen der Sternumsknochen Knoten ins Herz zu machen. Seit Wochen stand Gina rätselnd davor: Was war bloß geschehen? Die wickblauen Augen dieses Er sprühten, daß man sie am liebsten abgelutscht hätte, doch bevor Gina weiter ins Grübeln geraten konnte, wurde sie aufgerufen. Willig sackte sie eine Minute später nach hinten in den Schoß einer schwarzlockigen Gigantin, die die Spraydose bereits zärtlich in der Hand drehte.

Gina biß eben in die frisch gekaufte Zuckerstulle, als ihr einer den doomed-Spruch der Stadt entgegenschleuderte: Haste mal 'n Euro?! Sie ging weiter, winkte mit der Stulle zurück. Der Lack spannte etwas. Die Banken warben seit Wochen mit Spitzenrenditen. Angeblich hatten die Deutschen Gespartes strumpfweise zu Hause, das nun zur Bank mußte. Gestern bereits hatte Gina-la-Minna fast eine Stunde lang in der Sparkasse gewartet, aber niemand hatte Sparstrümpfe abgeben wollen, die sie gern einmal gesehen hätte. Sie seufzte und biß ein weiteres Stück Zuckerstulle weg. Auch die Annäherung an einen stets gordisch gestimmten Gordian wollte genossen sein. Gina studierte Romanistik mit Nebenfach International Relations, und das wollte finanziert sein. Der Brustwarzenlack trug gewissermaßen zur internationalen Verständigung bei; noch mehr allerdings tat dies Ginas Job.

Dot.com. Ihren Arbeitgeber, der in Kalifornien saß,

hatte Gina im Netz gefunden. Sie kannte jede Menge Männer mit Bindungsangst, sie schoben Wolken von Unberührbarkeit vor sich her und bekamen es alle drei Wochen mit alter Freudscher Panik zu tun. Die hätte sich längst überholt haben müssen, überwinterte jedoch in diesen Männern wie ein Bienenschwarm in einem hohlen Stamm, spezialisiert auf Necktürliches: saugen, dann abschwirren. Mutter-Droge-Natur machte es vor.

Eben das war Ginas Chance.

Sie kehrte den Spieß um. Ein einfacher geschäftlicher Vorgang, der noch dazu Spaß machte. Machen Sie Ihr Talent zum Job, riet der Arbeitgeber in seiner Begrüßungsmail. Das war auch schon das ganze Konzept. Er gab noch eine Adresse durch, wo sie abgeben sollte, was sie reinbekam. Der Mond hing prionengelb am Nachmittagshimmel, als Gina schließlich bei Gordian klingelte, als der Lack endlich reibfest getrocknet war.

Ach, dieser Leichtsinn!, rief Gordian, der Gina ohne T-Shirt sah. Damit meinte er nicht sie, sondern sich, denn normalerweise verhütete er panisch (Gina routiniert). Dieser Leichtsinn!, rief er und packte das Kondom zwar noch aus, streifte es aber nicht über. Gina krallte sich an seinen Hals und ließ nicht mehr los. Es war, wie fast immer, zu schnell vorbei. Doch noch während Gordian zu seiner Cola die übliche Pausenzigarette inhalierte, kam das Zittern zurück. Gina schmeckte den Rauch in Gordians Mund, spürte die weiche Haut seiner Brust. Seine Rippen zogen sich weit nach unten, sie griff direkt darunter in seinen Bauch, als er kam.

Er schlief. Reginisch schlängelte sich Gina in ihre Jeans, *queen of stoff*. Sie mochte das Zweihälften-Pogefühl darin, hielt aber inne, als die Hose ihre Oberschenkel berührte. Das Sperma von Ferdi, der sich in dem Leben, das er als seines kannte, nur Gordian nennen ließ, floß ihren linken Schenkel hinab. Er spritzte gut ab, Gordy in seinem gemüsegrünen Plattenbautrakt. Auch ansonsten war er gesund, sie hatte Erkundigungen eingezogen, das war Teil ihres Jobs, und sie setzte Ehrgeiz darein, ihn gut zu machen. Daß ihr Herz so pochte, gehörte allerdings nicht dazu. Ginas Lieblingsspruch hieß: Meine Männer tragen After-shave oder mich. Doch sie wollte es nicht wieder tun, nicht wieder etwas mitgehen lassen von Gordian, obwohl – Diebstahl im strikten Sinn war es nicht. Sie würde es ihm zwar nie zurückgeben, aber er würde es nie vermissen. Und hatte er es ihr nicht gewissermaßen geschenkt? Geradezu listig wollte Gina da erscheinen, wie die Kräne hier in der Gegend sogar auf Müll fröhlich schaukelten; anders als am Potsdamer Platz waren sie rostlaubenfarben getarnt. Ja, Tarnung überall, selbst Sperma trägt Kappen, dachte Gina und zog die Jeans wieder aus. Dann suchte sie nach ihrer Handtasche.

Stasigeruchsproben standen angeblich noch immer in alten Kellern, die auf ihre Techno-Entdeckung warteten und warten würden, denn da war der spirit raus. Bei Luftmangel konnten die Proben geöffnet werden, 20 Jahre alte Ostalgo-Luft würde sich in die Stadt ergießen. Gina fluchte leise, denn sie konnte ihr gutes Gucci-PVC-Stück nicht entdecken, und beinahe wäre an dieser Stelle die

Geschichte aus gewesen, ein typischer afternoon stand, ein Intermezzo aus Zuckerstulle und Sex, hätte es da nicht Ginas Arbeitgeber gegeben, wäre da nicht Ginas Blick noch einmal auf den schlafenden Gordian gefallen und wären dabei ihre Augen nicht auch auf den orangen Griff der Handtasche gestoßen, der unterm Bett hervorlugte.

Sperma auffangen, dachte Gina-Regina, immer im outlook express, immer auf der Suche nach dem schnellen Geld, und kramte im Gucciplastik nach dem Röhrchen. Sie hatte es nicht wieder tun wollen, zumindest nicht bei ihrem Herzschlag-Gordian, aber sie tat es! Die übertrieben eiweißhaltige Flüssigkeit bedeutete ihr etwas; sie kam Regina gerade recht. Jetzt die geübten Handgriffe: Beute ins Säckchen, Spermien ins Kröpfchen.

Das Herz schlug wie ein fou. Vorsichtig und etwas erschöpft setzte Gina sich zu Gordian auf die Bettkante. Lag hier der Inhalt, schwappte im Röhrchen die Form? Dort der Genotyp, hier der Phänotyp, und dazwischen die schlaue Abbildungsregel der Reproduktion? Wie im *Tractatus*, als Lucki Ludwig die Sprachteilchen und Wirklichkeitsteilchen ganz klein wurden, atomar, subatomar, lunar! Gen- und Menschenteilchen heutzutage. Unklar blieb nur, wer bestimmte, wie sie zueinander gehörten. Um überhaupt etwas vom »Weltzusammenhalt« zu erklären, kicherte Gina vor sich hin, müßte man eine lackierte Brustwarze dazubauen, die aber immer vergessen wird. Gina war Headhunterin speziellen Ranges, vulgo Samentrapperin. Keine Prostitution. Erstens verdiente sie besser: eine Bestellung bei ihrem Arbeitgeber kostete zwischen 500 und 2000 Dollar. Sie bekam 60 Prozent, schließlich hatte sie hervorragende männliche Exemplare zu bieten. Aus einer ihrer von den Kondomen extrahierten Einsendungen ließen sich in der Regel mehrere Präparate ausflocken. Bei den künstlichen Befruchtungen, um die es ging, brauchte es schließlich weniger Spermien als in Größenwahnsinns-Mutter-Natur. Zweitens suchte sie sich die Männer selbst aus, nur die besten unter den Kommilitonen. Für einen Fick war fast jeder zu haben, es sprach sich auch herum, what a good one night stand she was, kein Theater danach, weiterhin unverkrampftes Grüßen auf dem Campus, Gina, die Regina der Spenden. Drittens: Es gab niemanden, der sie überwachte. Wenn sie was hatte, brachte sie es ins Labor. Viertens: Es war illegal. Ein extra Kick. Die Gefahr, daß die Gemolkenen es je erfuhren, hielt sich allerdings in Grenzen, denn natürlich gab sie Phantasienamen an. Gordian hieß Ferdy Duke auf der Website (deutsch mit amerikanischem Großvater, einem GI der WK2-Heldenzeit, seine Mutter '49 gezeugt, er '78, junges Sperma rundum). Sollte dennoch jemand sich dort entdecken und protestieren, würde sie ihn ironisch traktieren, dann dollarondulieren. An Gordian aber war sie hängengeblieben, wegen Pulspocherei. Gina stöhnte innerlich über sich selbst, sah ein rot schlagendes Herzchen vor sich, wie aus einer Piemontkirsche geformt, getaucht zu Mon Chéri!

Natürlich lehnte sie wie alle anderen Retrovalues total ab. Und nun das. Amour fou? Gina strich sich ein blondes Haar aus der übertrieben hohen Stirn, die ein altmodischer, insofern wieder cooler Pony kaschierte, und war froh, alle Himmel-stürzt-mir-auf-den-Kopf-Ängste bereits im Comicalter eingehend geprüft zu haben. Was damals Zeitvertreib schien, war eben doch eine Vorbereitung aufs Leben gewesen (der berühmte Instinkt der Kinder, treffsicher wie beim rosa Marshmallows-Wurf in den Mund).

Höchste Zeit, aufzubrechen, flötflüsterte Reginaldine ihrem Ferdy Duke, ihrem Eldorado, ins Ohr, nicht ohne auch an seiner Schulter zu rütteln:

– Ich habe Durst!

– Wirklich?

– !

– Ich komme,

er wühlte sich aus dem Bett, sein Gesicht hob sich, näher an Regina, nein: bloß sein Mund, sein ganzes Gesicht war Mund, nur noch Lippen, so rot, wie machte er das bloß, zwei große Balken, wie im Film, Zoom, auf Regina zu, oder beugte sie sich hinab, egal, es traf, paßte, die Lippen weg, es schmeckte nach Gordian-Schlaf-Sex, nach Ruhe, Kindlichkeit, es schmeckte, Ginaregina!, nach Milch, für Sekunden, das konnte nicht sein, doch, schmeckte, schmatzte, schleckte, real, doch, ja, ein Kuß auf seine schönen Lippen, in seine …, dabei küßte sie sonst nie.

Leicht ächzten die Korbstühle im Dante unter den S-Bahnbögen, die stöhnten und hallten wie das Innere einer ausgehöhlten Brust. Gina erschrak, doch nur kurz. Sie besichtigten den Hackeschen Markt, das Rosenthal der Stadt, früher mal eine öde Fläche, nun perfekt bebaut, bestuhlt und bekuhlt, Kirschbäume vor sanierter Wand. Literweise Frühlingsluft. Regina dachte an die hier durchfrorenen Nächte, das Erscheinen der Bars, Verschwinden der Bars, das Erscheinen der Spielzeughäuserfront, den immergleichen Mann, der im Mai Flieder am S-Bahnausgang verkaufte, den einen übriggebliebenen Baum, die unterirdischen Röhren, die neuesten Fetzchen im Laden am runden Eck, die Lycrakleidungsschläuche auf ihrem Körper. Gordian dachte daran, was es bedeutet, einen Menschen nachzubauen, ingenieurshaft, also sekundär genialisch. Allein um das Gehirn zu schaffen, bedürfe es, dank neuester Minichips, nur noch des Raumes von Großlondon, sagte Gordian, der Maschinenbau studierte, aber da ein Gehirn nur in Aktion mit anderen funktionierte, müßten die also dazugebaut werden, was den Planeten bereits ingenieursmäßig total überbauen würde, um auch nur *einen* Menschen zum Funktionieren zu bringen. Das waren wahrhaft alexandrische Pläne! Das Schwert, das einen so kleinen, aber so gut bewachten Knoten wie Gordians Herz zerhieb, mußte sich jedoch erst einmal finden. Ginna-la-Minna spürte ihren Atem, am liebsten hätte sie Gordians Luft eingesogen. Das Plastikröhrchen mit den aufgefangenen Spermatropfen klimperte in der gelb-orange gestreiften Handtasche gegen das Handy und die gespeicherte Morgenluft. Sie hatte sich in Kalifornien erkundigt. Die durch das Abfließen des Spermas auf ihrer Haut erzeugten Verunreinigungen konnten mühelos ausfiltriert werden. Gina nieste; die Pollen kitzelten.

Spring in Town. Rosafarbene Boten schossen vorbei, Postamazonen auf mortalen Trips zum sanften Klikken ihrer volldigitalisierten 27-Shimano-Schaltungen. Weißlackierte Nägel mit Vanillegeschmack umkrallten die Gummibänder der Lenker. Manchmal kreuzten die Botinnen die Arme auf den Lenkern zu einem X oder legten den Zeigefinger über den Daumen, wie die Sphinx im Sand von Gizeh ihre Klauen über Kreuz gelegt hatte. Gordian nuckelte zufrieden an seiner Bloody Cola Mary. Im Falle eines Falles heilte Underberg nicht alles. Einige blaue Neonröhren imitierten Schwalbenflug und verzierten Schaufensteranlagen mit Mückenmustern. Frühling, Frühling, schwing dein Golden-Visa-Band.

Gina-Benigna schlürfte amüsiert eine Cola mit Rum. Brachte nicht ihre Arbeit das Nationale und Internationale, das Allgemeindeutsche und das Individualistische aufs Schönste zur Deckung? Unter www.rose-angels.com war zu besichtigen, was sie abgab; dort erwarb man Spermaproben, Kunden weltweit, zum gefälligen Zeugungsgebrauch.

Einstein, prostete Gina ihrem unentknoteten, nichtsahnenden Gordian heiter zu: Einstein sagte, man muß es so einfach wie möglich machen, aber nicht einfacher! Daraufhin zeigte sie Gordian ihre Zunge und ließ ihn nach Dellen am Rand forschen. Es war einer der intimst möglichen Akte, sie sah dabei seine Nasenlöcher. Alles an diesem Mann wirkte wie eine Einheit, ein Zusammenhang. Also war er wohl doch eine Person, wenn er auch immer wieder behauptete, das Zimmer, in dem sein gordianisches Herz in einer Glasvitrine lag, nicht zu kennen. Doch Rinchen-Geninchen bestand, leicht errötend, in zarten Augenblicken darauf, sich eben dort immer wieder aufzuhalten und aufgehalten zu haben mit ihm, amour, fou, folle, dachte sie. Das Zimmer war real, so real wie das Innere ihrer Handtasche, mit Fuchspelz gepolstert oder auch Luchs.

Ginnina hätte seufzen wollen, wäre das nicht so uncool gewesen.

– Kann ich ein Foto von dir machen?

Sie sah ihn im Bildschirm ihrer handgroßen DigiCam, in dem die Wirklichkeit noch einmal erschien und realer aussah, auf Sicherheitsabstand, dort sah sie ihn lächeln.

– Steh doch mal auf!

Das Baumgrün im Hintergrund stand ihm gut. Ganzkörperaufnahme. Es mußten keine Nacktfotos sein, im Gegenteil, www.rose-angels.com ging es nicht um Sex, sondern um Reproduktion. *Attractive male German, white, 25 years, Mathematical Engineer, IQ between 120–140* (dafür gab es Kästchen), *height: 185, weight: 73 kilos.*

Gina hatte sich inzwischen einen Screwdriver bestellt, einer ihrer Versuche, selbstironisch zu sein, bekannt war der Drink als Wodka mit O-Saft. In der Handtasche schwappte das 10. Ferdiröhrchen, all die kleinen, mikroskopischen Fischchen darin. Dabei hatte sie damit aufhören wollen, wirklich aufhören, wenigstens bei ihm. Die anderen Male hatte sie noch bei Gordian im Bad die Kondome ausgeleert, manchmal auch eines eingepackt und dann zu Hause »entsorgt«, das hieß in den Kühlschrank gelegt oder gleich noch ins Labor gebracht, von wo aus die Röhrchen tiefgefroren in die USA geflogen wurden, meist noch am selben Tag. Und heute – wieder. Sie mußte es tun. If you can't eat it, smoke it or stroke it, stand groß über Ginas Bett. It's probably there. Es war jedesmal da.

Gordian rauchte, Reginni hatte ihm ein Blättchen für einen Joint gepeelt. Er dachte noch über Einstein nach; auch, daß er versuchte, etwas Philosophie zu studieren, stand auf der rosigen Engel-Seite, von der er nichts ahnte. Ginas zentrales Leihorgan Gehirn spuckte inzwischen merkwürdige Bilder durch ihr Videosystem. Sollte sie es ihm sagen? Aufdecken, wer sie war – nein, das nicht; aber vielleicht, was sie tat? In einer plötzlichen Aufwallung drückte Gina Gordians Hand heftiger als geplant. Er verstand es als Zeichen, den Heimweg anzutreten. Eine Klausur am Montag, hatte Gina ihm schon vor Stunden erzählt; tatsächlich hatte sie um 20 Uhr noch einen Termin.

Spring in Town. Ein rülpsender Bernhardiner mit Rumfläschchen um den Hals rannte durch einen Gletscher am Karwendel und suchte einen Mann mit übertriebenen Ötzi-Ambitionen, während an der finnisch-russischen Grenze einige Fichten ihre letzten Nadeln in der nie untergehenden Sonne badeten. In Osterwalde schüttelte eine Biologin millimetergroße Wanzen in ein Wasserglas, legte sie unters Mikroskop und zeichnete die gefundenen Mißbildungen akribisch ab. Ein fledriger Rochen schnüffelte in der Saragossasee an einem postsowjetischen U-Boot, in dem mit aus Spiegelzinn gegossenen Figuren Schach gespielt wurde, als es mehrfach in dem Laden blitzte, an dem G&G vorbeischlenderten, weil ein sechsjähriger Dieb in einer schwarzen Lederjacke durch die Schranke brach. Später sah man nur seinen Haarschopf auf dem Bild.

– Komisch, sagte Gina zu Gordian, dessen Hose sich bereits wieder leicht wölbte, daß ein anderer Mensch ein Herz hat wie man selbst. Es ist das erste, was man im Ultraschall von einem Fötus sieht. Pulst rasend schnell; *puncto saliens* hat Aristoteles, der es an Hühnereiern studierte, es genannt!

Aber Gefühle saßen nicht im Herzen, die Biologen wußten es längst, nur die Sprache war nicht auf der Höhe der Zeit. Gina schaute schnell von der Seite auf Gordian, er lächelte, er setzte eben zu einer Antwort an, da stieß sie ihn weg:

– Du bist ja nur geil auf lackierte Brustwarzen! Ich will dich nicht mehr sehen.

Immerhin: Das war ehrlich gemeint. Es wäre besser gewesen für ihn, und für sie vielleicht auch, sich hier zu trennen. Gordian aber antwortete bloß:

– Ach komm!

Gordian fiel auf die Echtheitsnummer (Gefühle, nicht Sex) überhaupt nicht herein und legte Gina einen Arm um die Schulter. Schon ließ sie erleichtert den kleinen Versuch zu einem Jenseits von Rosenverkauf dot.com wieder sein. Wozu innere Kämpfe führen? Man war offen, man war beschleunigt, rasierte sich regelmäßig an allen Schamstellen, trug Echsentattoos und rote Augen darin. Sie standen an den Treptowers, einige Youngsters grillten dort jeden Nachmittag Marshmallows, mitten im Fluß humpelten zwei riesige löchrige Alu-Männer, geformt aus altem DDR-Geld, zwei, die ständig nasse Füße bekamen.

Spring in Town. Wenn alles klappte, hatte sie dieses Wochenende einen guten Schnitt gemacht, die Investition in den Lack sich gelohnt. Ginnina lag in ihrer Wohnung auf der Couch und verschlang die Arme zu eben jenem kleinen X, das sie an den Fahrradbotinnen so bewunderte. Es erinnerte an die Doppelhelix. Gordians Röhrchen steckte wohlverwahrt in ihrem Spezial-Kühlschrank, der auf minus 90 gefror. Sie hatte, als sie nach Hause kam, das Röhrchen geküßt und beschlossen, es zu behalten. Ihr ganz spezielles Geschenk an Gordian. Erschöpft von diesem Beschluß, lag Gina nun auf der Couch, bevor sie kurz vor acht zu dem Treffen mit Mike aufbrechen mußte. Eine Möwe schnitt die Tangenten eines Dreiecks aus dem Himmel, eine schmutzige Wolke polierte eifrig nach. Naschen und haschen, sagte der Moderator auf NTV. Das typische Aroma eines Brötchens, fragte eine weibliche Stimme, wird aus dem Haar von Chinesen gewonnen? Nein, antwortete eine beruhigende hellblaue Stimme, es ist verboten worden, daß ein knuspriges Frühstücksbrötchen solche Stoffe enthält.

Als Regina die Augen wieder öffnete, dunkelte der himmlische Gaumen, der sich über ihr wölbte, bereits ein.

Ganz weit vorn, weit weg, steckten ein paar weißflockige Zähne darin, dort war das Futter real. Für einen Augenblick, eine Nanosekunde, kam Gina sich vor wie ein Rättlein in einer riesigen Falle. Doch was sollten diese Schübe von Nostalgie, von Glauben an eine Ordnung, die sie steuerte. In den Zeiten vor dot.com hätte man bei solch einem Satz gerätselt, ob »sie« Subjekt oder Objekt war, und immer falsch geraten. Gina lächelte, als sie sich, bevor sie ging, die Brustwarzen im Spiegel noch einmal genau ansah. Der Lack war unverletzt.

Hot Dogs

Zack, dürr wie eine Spindel, saß nackt auf dem Bett und versuchte, sich den Fuß in den Mund zu stecken. Mittwoch, vier Uhr. Die nahe Autobahn summte auf Frequenz U – ein paar Laster, erster Berufsverkehr. Hier ging der Morgen immer erst unterm Asphalt auf, lang noch, bevor man einen Streifen Sonne sah. Also saß Zack im Dunkeln, durch die obersten Spalten des Rollos zuckte manchmal ein Scheinwerferlicht. Dunkelheit war besser für die Entspannung, und Zack roch seinen Fuß, soweit hinauf kam er immerhin schon. Nur Tequila schnarchte mal wieder. Selbst schuld, hatte Kolbe gesagt, was schaffste dir auch so was an, das iss ja schlimmer als 'ne Bulldogge, das iss ja 'n Krokodil! Kolbe mußte gerade reden, schließlich hatte er den Hund hergeschleppt. Auf Tequilas weißem Fell schwammen ein paar Flecken, die dieselbe Farbe hatten wie die Würmer in den allerteuersten Flaschen des mexikanischen Schnapses. Beleidigt war sie damals in eine Ecke getrabt und hatte Kolbe angefletscht. Tequila, samtig weich, brachte 750 Kilopond Kaukraft zwischen die glitzenden Beißerchen. Doch war das ein Grund? Ein Grund, das Tierchen jetzt einzuschläfern? Kolbe jedenfalls hatte das bißchen Gefletsche locker weggesteckt, gegrinst und Zack eins zwischen die Rippen geknufft. Zack seufzte – schöne Zeiten waren das!

Eines Morgens, auch in so einem eiskalten Winter, stand Kolbe in seinem alten Staubmantel vor Zacks Wohnung, so um acht morgens, aber schon mit der üblichen Fahne, und als er in seinen sackgroßen Taschen fingerte, die sich wie Penny-Tüten beulten und speckig waren vom vielen Reingreifen, hatte Zack erwartet, gleich die nächste Pulle zu Gesicht zu bekommen. Statt dessen war ein helles Bündel Fell auf Kolbes Hand gelegen, jede Pfote kleiner als die kleinste Schwiele dieser gefurchten Pranke. Ohne jedes Zittern streckte Kolbe sie Zack hin und sagte stocknüchtern: Davon kannste leben! Weil er wußte, was Sache war bei Zack, gab er Tequila für 'nen Pappenstil her; sie war ein süßes Baby, so unschuldig weiß, das gefiel Zack sofort, vor allem auch mit den paar Flecken auf der Weste. Als sie ihre schwarze Schnauze mit den hellen Nasenlöchern schließlich auch noch zutraulich in seine Hand bohrte, wußte Zack erst gar nicht, wie ihm geschah. Es war nicht besonders männlich, sich in einen Hund zu verlieben, er drehte sich weg, aber Kolbe saß schon am Küchentisch und wollte ein Bier, Zack sagte schnell: Na, der werden wir zeigen, wo der Hammer hängt, und beide lachten ihre Gläser an.

Zehn Monate später schon stand sie da, trächtig, daß das Fell spannte. Tequila war wirklich zu einem Prachtvieh herangewachsen – 32 Kilo, der Brustkasten so breit, daß vier Männerhände gerade so drumpaßten, Schulterhöhe 41, Idealmaße wie Marilyns 96, 66, 96. Sie warf fünf gesunde Welpen, damit waren Zacks schlimmste Geldprobleme erst mal gelöst; herrliche Zeiten, Schnaps gurgelte im Schlund, Zacks Hand liebkoste Tequilas milden Bauch.

Und jetzt hatte er diese Anzeige am Hals. Genauer zwei, per gerichtlichem Bescheid. Keiner im Haus sprach mehr mit ihm, und auch Kolbe hatte sich dünne gemacht. Mit einem Stöhnen ließ Zack seinen Fuß los und rieb sich die Wade. Das zerrte und ziepte bis in den Hintern hoch. Unentschlossen saß er, die Beine angezogen, auf dem kalten Bett. Seit Tagen konnte er nicht mehr schlafen, die ganze Zeit ohne Sandra hatte er schlecht geschlafen, aber seit Samstag, diesem gräßlichen Samstag, ging es gar nicht mehr. Nur Tequila schnarchte, flach auf der Seite liegend, jede Nacht durch. Ihre zehn prallen Zitzen breiteten sich über Zacks aprikosenfarbene Auslegeware wie Vorhangbommeln, so was hing bei Tante Linda im Klo. Alle vier Stunden mußte Zack die Milch absaugen, aber auch dazwischen konnte er nicht schlafen. Jeder Tag seit Samstag war der reine Horror gewesen. Den ganzen Sonntag hindurch hatte Tequila nur gefiept und ihre Welpen gesucht. Montag kam die erste Anzeige, gestern die zweite. Nicht ohne Grund also saß Zack mitten in der Nacht auf dem Bett und versuchte sich an den Entspannungsübungen aus dem Yogakurs, in den Sandra ihn geschleift hatte. Aus Liebe war er mitgegangen. Und was hatte es gebracht? Nichts, natürlich nichts. Typisch Zack.

Sandra besaß einen Schäferhund, Bobsy, eigentlich ein tapsiges, schon halbtaubes Vieh, als sie sich kennenlernten. Sie selbst war dünn wie Zack, einen halben Kopf größer und löffelte jeden Abend zwei, drei Joghurts mit Brause, danach kribbelte sie im Mund. Nicht nur das war schön. Sandra arbeitete in einem Drogeriemarkt. Für die Kette, zu der er gehörte, stapelte Zack ab und an Paletten, obwohl ihn jeder, der zusah, gleich wieder heimschicken wollte. Hänfling!, hörte Zack, was willst du denn hier! Nur Sandra lachte nicht über ihn, das merkte er gleich. Außerdem war sie nicht so eine Glitzermieze, wie sie in Drogeriemärkten sonst rumhängen, nein, Sandra hatte Würde und verkaufte sich nicht für Haartönungsshampoo zum Discountpreis. Als Zack hörte, daß sie, als Festangestellte, Hundefutterdosen 10 Prozent billiger bekam, ärgerte er sich erst – er bekam keinen Rabatt –, sah aber dann, wie gut es doch passen würde. Es war ja unglaublich, was die Viecher jeden Tag an rohem Fleisch so wegfraßen. Da war 'n Tiger nix dagegen! Sandra lächelte Zack ermunternd zu. Und als er, beim Plausch nach der Palettenschicht, Tropfen zu empfehlen wußte gegen Alterstaubheit bei Hunden und Bobsy sich dann ohne Zögern von ihm streicheln ließ, war eigentlich alles klar. Wenn Zack etwas tat, dann richtig, und so hatte er Dr. Helga Köttwisch-Lukonens *Dein Hund in allen Lebenslagen* nicht nur gelesen, sondern so gut wie auswendig gelernt. Und da er in allen Bereichen alles richtig machte, wohnte Sandra bald mehr oder minder bei ihm, jedenfalls paßte er tagsüber neben Tequila auf Bobsy auf, und nachts schlief Sandra in Zacks Bett. Die beiden Hunde ignorierten sich; Bobsy war kastriert, also gab es kein Problem.

In dieser Zeit erwies auch Kolbe sich zunehmend als nützlich. Er strengte sich an, vielleicht weil er spürte, daß Sandra ihn nicht mochte. Kolbe wohnte im selben Haus wie Zack, zwei Stockwerke tiefer, und hatte einen guten Draht zu den anderen Mietern. Besonders die Hausmeisterin hatte sich in ihn verguckt, wahrscheinlich stand sie auf große Männer, und Kolbe, den schwarzen Mantel über seine zwei Meter geworfen, konnte schon mal aussehen wie Dracula, wenigstens von hinten. Und von vorn dann sein gutmütiges Gesicht, das er wer weiß woher hatte. Die Hausmeisterin jedenfalls schmolz dahin und tolerierte sogar, daß Kolbe seine leeren Flaschen neben den Glascontainer stellte. Das war ungefähr zu der Zeit, als ein Pitbull in Hamburg einen kleinen Jungen totgebissen hatte. Beim nächsten Plausch mit der Hausmeisterin am Container ließ Kolbe dann beiläufig fallen, daß Tequila eine völlig harmlose französische Bulldogge sei, ein Tier für Kaiser und Könige!, er habe den Stammbaum und alle Papiere selbst bei Zack gesehen, und nach ein paar Stunden wußte es das ganze Haus. Zugleich vermittelte Kolbe die Welpen absolut dezent an Kunden, die echte Liebhaber waren. Kolbe stand für seine Dienste der Erlös von einem Welpen zu. Das war ein fairer Deal; und Kolbe bald ein echter Freund. Als dann auch noch das Zuchtverbot erlassen wurde, führten Kolbe und Zack einen kleinen Tanz in Zacks Wohnung auf. Sofort verdreifachten sie den Preis. Richtige Pitties galten wieder was.

Und dann kam es, das neue Geld. Irgendwie wurde nichts teurer, aber allen ging es schlechter. Im Juni schon flatterte Sandra die Kündigung in die Wohnung. Ihr Chef zuckte nur die Schultern. Sie und Zack kauften noch mal Hundedosen auf Vorrat, Zacks ganzer Keller lag voll, doch das war's dann auch schon. Bobsy, der treulose, beschloß ein paar Wochen später – als spüre er, daß das Leben nicht erfreulicher wurde –, den Abgang zu machen. Dadurch entspannte sich zwar die Dosenlage; und auch Tequila schien erleichtert. Aber Zack war dennoch wütend auf den alten Schäfer, denn sein Tod gab Sandra natürlich den Rest. Zu dritt brachten sie Bobsy zur Tierverwertung, ein übler Gang, klar. Aber Zack fand es übertrieben, daß Sandra danach gar nicht mehr zu ihm kam. Das Telefon nahm sie nicht ab, und wenn Zack bei ihr klingelte, machte niemand auf. Tequila schnüffelte an Sandras Tür und heulte leise.

Das war Tierquälerei, eindeutig! Und da war Schluß bei Zack. Er fluchte auf Sandra und ging nicht mehr hin. Zum Glück lagen die Dosenvorräte bei ihm auf Lager, und als Tequila ihre Sommerrolligkeit bekam, atmete Zack auf. Vollbeschäftigung! Sofort leierte er die üblichen Schritte an. Es gab einen passenden Rüden in Brandenburg, man mußte zwar extra hintockern, aber es lohnte sich. Black Spice gehörte Lady Di, alle nannten sie so, wegen ihrer 80er-Jahre-Frisur und ihres unendlichen Geschwätzes; niemand wollte wissen, wie sie wirklich hieß. Es war nervig, nachdem schon alles passiert war, noch drei Stunden mit ihr zusammensitzen und ihr schwarzes Kosehündchen bewundern zu müssen. Lady Di servierte dazu, sommers wie winters, Eiskaffee, wirklich, als gäbe es kein Bier, und zeigte Spices neueste Pokale. Die Hunde, die sich kannten und jedesmal zum Glück sofort aufeinanderstürzten, um für 20 Minuten Schlüssel und Schloß zu spielen, lagen hechelnd im Schatten. Widerstandslos schluckte Zack das pappige Vanilleeis, damit Lady Di nicht mit dem Preis raufging. Sie wollte nie einen Welpen, sondern Cash, 1000 Euro schwarz auf die Hand. Dieses Geld legte Zack aus den Einnahmen vom vorangehenden Wurf zurück, und wenn es sein letztes war, da ging er nicht ran. Wenn Zack etwas machte, dann richtig. Und darauf war er stolz.

Diesmal hatte er besonders gut aufgepaßt, und trotz der leeren Kasse Tequila schon vorm Decken zugefüttert, Rinderfüße, Schweineohren, Rohproteingehalt des Futters auf 30 Prozent hochgesetzt. Er wollte einen großen Wurf, einen richtig großen, und ertrug sogar die Läufigkeit mit einem Lächeln. Tequila nervte, quietschte und rutschte auf dem Hintern in der Wohnung herum, wollte raus. Mindestens dreimal pro Tag robbte sie an Zacks Bein auf und ab, als wäre sie ein Rüde, bloß um ihre Sexgier abzureagieren. Zack hielt ihr diesmal das Bein sogar noch hin, kräftige Vorderpfoten hatte sie schon, die Süße, danach rieb er sich verstohlen die Wade. Aber so waren die Weiber, hingen gnadenlos an der Lustleine, überfallen von ihren Hormonen. Männern ging's da besser, die konnten es kontrollieren. Zack jedenfalls hatte seine Sache im Griff, auch ohne Sandra. Und die würde in ein paar Wochen bestimmt wieder auftauchen, so tun, als sei nichts gewesen, und bei ihm einziehen. Seinetwegen! Kommentieren würde er das nicht, nur später vielleicht. Das Prickeln in Sandras Mund war schon ein Glücksfall gewesen. Außerdem hatte sie so eine Art, Zacks Füße zu kraulen, wenn sie im Bett lagen. »Zackel, das Beste an dir sind deine Füße – weich wie ein Babyarsch«, sagte sie dann. Wie Löffelchen und Schuh lagen sie unter der Decke. Es hatte ihm gefallen, wenn auch Sandras Füße sein Gesicht berührten. Die ganze Nacht konnte das so gehen.

Elf superschicke Welpen hatte Tequila Mitte Oktober im Korb liegen gehabt, vier Weibchen, sieben Männchen. Als Zack das beim Aufstehen entdeckte, küßte er seine Süße mitten auf die nasse Schnauze. Friedlich wie ein Rebhuhn keckerte Tequila im Korb! Rüden brachten noch 200 Euro mehr pro Stück. Zack wußte bereits fünf sichere Kunden für den Wurf, gut ausgesuchte Leute, man hing nach 12 Wochen Pflege schließlich auch an den Kleinen. Außerdem wollte man ja nicht auffliegen.

Und dann kam der November, dieser November, der Monat, über dem in Zacks Horoskop in dicken Buchstaben stand: »Erfolg auf der ganzen Linie. Sie erweitern Ihren Aktionskreis, halten Sie sich ran!« Tequilas Kleine rollten und tapsten, ihren Aktionskreis erweiternd, durch die Wohnung. Eines nach dem anderen machten sie am zehnten Tag die Augen auf und streckten ihre kleinen rosa Zungen heraus. Tequila säugte, im Korb schliefen die Kleinen in einem großen Haufen geradezu aufeinander, um sich zu wärmen. Zack ließ sie nicht raus. Man mußte höllisch aufpassen, schon die geringste Infektion raffte so ein 600-Gramm-Paketchen dahin. Mit der Flasche fütterte er zu, damit auch jedes der elf genug bekam; für Tequila gab es Kraftfutter in Hülle und Fülle. Zack stand sogar nachts auf und lief zum Korb, um nachzusehen, ob die Kleinen auch alle noch atmeten. Tequila brummte im Schlaf, und Zack kletterte beschwingt zurück ins Bett.

Zack, diesem Spindel, waren die Hosen meist zu weit, aber in diesem November schlotterten sie ihm geradezu um die Hüften. Die Hunde wuchsen, Zack nahm ab. Am Samstag, eben *jenem* Samstag, sperrte er um eins schnell noch mal Tequila mit ihren Welpen in die Wohnung und rannte ins U-Bahn-Geschoß, wo es neben einem Laden mit seltsam bunten Plastikhandtaschen, die so ähnlich hießen wie Kartoffelnudeln, einen Mister Minit gab. Einen der Türken dort kannte er, der knipste ihm auch mal ohne Bezahlung ein Loch mehr in den Gürtel. Es dauerte dann noch, bis Zack nach Hause kam, er traf einen Kumpel vom Palettenfahren, und der gab ein paar Bier und Schnäpse aus, also war es so etwa gegen drei, Zack stand eben in der Wohnung und zog den neu geknipsten Gürtel durch die Hose, als es klingelte. Tequila raste los und heulte wie blöd an der Tür, da wußte Zack, was Sache war. Sandra hatte eine neue Frisur, rot, sah gut genährt aus, gar nicht abgehärmt, irgendwie sogar größer als früher. Die beiden hingen sofort aneinander, immer wieder sprang Tequila an Sandra hoch, kaum zu glauben, wie sie Zack verriet! Sandra mußte zusehen, daß sie nicht umfiel, Zack aber gab sich begeistert darüber, wieviel Temperament Tequila doch entwickelte. »Wie der Herr, so 's Gscherr«, sagte er, und Sandra ließ sich widerstandslos in die Wohnung bugsieren. Das Gehüpfe und Geknutsche auf Kniehöhe allerdings ging weiter, die Weiber verstanden sich wieder mal ganz wortlos, denn schon lief Sandra dem Hund hinterher. Zum Körbchen, natürlich! Zack hörte sie aus dem Wohnzimmer glucksen, als er schnell einen Weißwein in den Kühlschrank stellte.

Endlich saß Sandra bei ihm in der Küche, einen braunen, einen schwarzen und einen fast ganz weißen Welpen auf dem Schoß. Tequila schaute etwas skeptisch, legte sich dann aber zu Zack. Da tranken sie also Wein und echten Tequila – zur Feier des Tages. Zack erzählte von der Geburt der elf Welpen, und Sandra lächelte ihn an. Da dachte Zack natürlich an ihre und seine Füße und wollte eben richtig loslegen, als es einen Donnerschlag im Heizkörper tat. Tequila sprang auf und verbiß sich fast ins Rohr. Dummer Hund, sagte Zack und schubste sie weg. Zu sehen war nichts. Die Heizung jedoch kühlte sofort aus, das dauerte keine zehn Minuten. Auch die anderen Heizkörper in der Wohnung funktionierten nicht mehr. Gute Gelegenheit, fand Zack, Sandra einen seiner Pullis anzubieten, wenn es auch eher in die falsche Richtung ging, sich an- statt auszuziehen.

Auch im Wohnzimmer war es inzwischen arschkalt. Zack erinnerte sich nicht, wer als erstes auf die Idee mit dem Backofen kam, Sandra oder er. Jedenfalls lagen die Welpen im Korb und schlotterten, Zack wollte nicht, daß Sandra alle auf den Schoß nahm, dann kam er doch gar nicht mehr an sie ran, aber er hatte auch Angst um die Kleinen. Sie trugen die Welpen in die Küche, warfen den

Backofen an, das wärmte auch gleich den Raum, und setzten sie in die Röhre. Zack schaltete ihnen das Backlicht zu, sie kuschelten sich hinter dem Sichtfenster zusammen und steckten erstaunt die kleinen Pfoten durch die Stäbe des Grillrostes. Es sah drollig aus. Zack schloß die Ofentür und wählte Umluft, um Sandra zu zeigen, wie hübsch ihre Ohren im Wind flatterten, 40 Grad, aufwärmen, ein bißchen heißer Wind war ja etwas Natürliches, das gefiel ihnen bestimmt. Zack war wirklich froh, daß er ihnen das bieten konnte, die saßen da wie im Mutterbauch, nur mit Licht. Tequila schnüffelte noch an der Ofenscheibe, als es erneut klingelte. Ausgerechnet!

Der Hund sauste los, ohne zu bellen, was Zack klarmachte, daß seine dumpfe Ahnung richtig war. Draußen stand, natürlich, Kolbe. Mit dem Instinkt eines Stachelschweins kam er zum unpassendsten Augenblick.

Kolbe, im Mantel, stank mehr als üblich nach Alkohol und hörte gar nicht erst auf Zack. »Bei mir isses arschkalt« murmelnd, schob er sich an ihm vorbei, Richtung Küche. Zack versuchte, ihn festzuhalten, und weil Kolbe nicht hörte, gab es ein kleines Gerangel an der Tür, das Tequila, die den ganzen Tag eingesperrt gewesen war, dazu nutzte, geölt wie ein Blitz hinauszurennen. Zack sah nur noch ihr wackelndes Hinterteil unter einem triumphal erhobenen Schwanz, fluchte, ließ Kolbe los, entdeckte im Augenwinkel Sandra, die sich aus der Küche schob, rief: Dauert nur 'ne Sekunde!, und fischte im dunklen Flur nach Maulkorb und Leine, ohne sie zu finden. Die ist runter? schrie Sandra auf und rannte auch los, hysterische

Hennen, alle beide, dachte Zack noch, aber sie hatte recht. Manche Leute erkannten ja doch, daß dieser Pitbull keine Bulldogge war. Noch auf der Treppe hörten sie ein schrilles Quieken vor der Tür unten. Zack hatte den vorletzten Absatz erreicht, Sandra stand in der geöffneten Haustür, als dem Quieken jenes schrille Heulen folgte, das Zack wirklich haßte, so schrien Leute, wenn sie einen Hund wie Tequila auf sich zugaloppieren sahen. Das Schreien steigerte sich, opernwürdig, dachte Zack, und brach dann abrupt ab. Auch Zack stoppte und überlegte, ob er die Sache nicht lieber ganz Sandra überlassen sollte. Frauen waren einfach besser mit so was.

Er wartete im Hausflur. Doch die Tür blieb geschlossen, von der Straße war nichts mehr zu hören. Auch Sandra ließ sich nicht blicken. Abwarten, dachte Zack und setzte sich auf die unterste Treppenstufe. Schwaden von Kohlgeruch wanden sich vom Türritz der Hausmeisterwohnung direkt zu seiner Nase hinauf. Was Zack sonst aufregte – heute beruhigte es ihn. Sandra würde die Kiste schon schaukeln. Erst als er vor dem kleinen Fenster der Haustür einen Schatten sah, beschloß Zack, ruhig und gefaßt, jetzt doch einmal nach dem Rechten zu sehen. Er öffnete die Tür, Tequila begrüßte ihn schwanzwedelnd, aber mit vorwurfsvollem Blick. Da hockte sie also mit einem Maulkorb, der nicht zu ihr gehörte. Und der Polizist vor ihr gehörte ebenfalls überhaupt nicht dazu. Als Zack den halben Katzenschwanz sah, den der Polizist in der Hand hielt, mußte er lachen. Der war ja aus Plüsch! Irgendein Idiot allerdings hatte panisch geschrien »Pitbull frißt Kind«, am nächsten Tag stand es genau so in der Zeitung. Und ein anderer Idiot hatte natürlich sofort per Handy die Polizei geholt. Typisch Zack: Ein Streifenwagen war ganz in der Nähe gewesen, praktisch um die Ecke. Der Schäferhund im Wagen tobte, weil er seinen Maulkorb an Tequila sah. Allmählich wurde auch Zack etwas unruhig. Sandra war weit und breit nicht zu entdecken, und er mußte nun erst einmal Tequila trösten und sich mit dem Bullen unterhalten. Das wurde ein Palaver! Mitten auf der Straße. Es dauerte ewig, Tequila wurde erkennungsdienstlich aufgenommen, und Zack ebenso. Obwohl der Katzenschwanz nur aus Stoff war! Zack regte sich auf. Aber die zugehörige Stoffkatze hatte ein Kind im Arm gehalten, als Tequila darauf zugaloppierte. Das Kind war ganz unverletzt, das mußten alle zugeben. Dennoch: So was kostete Geld, und zwar 'ne Stange, und ein Strafverfahren gab's obendrein. Der Polizist grinste: Die Moneten fürs Einschläfern Ihres Hundes können Sie auch gleich bereitlegen!

Tequila am Halsband hinter sich herschleifend, stapfte Zack in die Wohnung hoch. Einschläfern – die hatten sie ja nicht alle! Die Tür stand offen, ein penetranter Geruch hing im Treppenhaus. Zack zog sich den Gürtel von der Hose, hängte Tequila am Aufgang fest und ging rein. Kolbe, vornüber auf den Tisch gesackt, schlief fest. Der Ofen stand auf 150. Kolbe, im Vollsuff, hatte gefroren. Kolbe! Aus dem Rohr qualmte es.

Die Anzeige wegen Allgemeingefährdung sowie Verstoß gegen Leinen- und Maulkorbzwang war vorgestern,

Dienstag, gekommen, zusammen mit der Anzeige wegen unerlaubter Pitbullzucht. Die Klage vom Tierschutzverein wegen elffacher Tierquälerei dann gestern. Zack sollte bestraft werden, weil es die Welpen gegeben hatte, und dann noch einmal, weil es sie nicht mehr gab. Sandra war über alle Berge. Bestimmt hatte sie, was sie noch nicht wußte, haarklein aus der Zeitung erfahren. Auch Kolbe blieb seit Tagen unsichtbar, in seinem Briefkasten stapelte sich die Post.

So kam es, daß Zack ganz allein den Ofen putzte. Und da sah er sie wieder sitzen, braunweiß, hellbraun und schokoladenfarben, mit ihren rosa Schnäuzchen, den tapsigen Pfoten, dem erstaunten Blick, in Licht und Wärme, und ihre Ohren flappten fröhlich im Wind.

Anna selbzwei

The sun shone, having no alternative,
on the nothing new.
Samuel Beckett, *Murphy*

Anna tanzt um Kai, Kai dreht sich weg. Er hat Mückenbrei auf der Windschutzscheibe. Durch Spiegelvorrichtung und Glasluke im Oberdeck kann man dem Fahrer in die Augen schauen, sie sind blau und gehören Kai. Er lebt seit 31 Jahren, Gebrauchsmodul, dessen Stecker in Wuppertal rausgezogen wurde und hier nicht richtig eingesteckt, er nennt sich also Gast, Anna tanzt auf dem Deck des Busses, so haben sie sich kennengelernt. Kai hat geflucht, wie alle Busfahrer hier fluchen, hier ist Provinz, hat er nicht gesagt, hier ist Hauptstadt, hat er nicht gegrölt, hier ist doch der Kaiman los, hat er gesagt, autsch!, das schauen wir uns mal genauer an. Denken wir, aber Anna hat das nicht gedacht, sondern ist die Treppe runtergestolpert, Anna Saufkugel, und Kai hat sie mitgenommen in die Busstation und sie da sitzenlassen, einfach weggegangen, sagt er, das ist 'ne Gemeinheit gewesen, sagt sie, so ein Bus verdammt kalt in einer Betriebshalle, daß das nicht seine Schuld ist, sagt Kai, der bei Anna wohnt, oder Anna bei Kai, eben typisch, hat er wirklich nicht gewußt.

Was sie einsieht. Sie sieht es ein. Aber: der Rest. Aber: Er ist doch zurückgekommen, schon um 6 Uhr, Frühschicht. Das hat er doch gewußt.

– Und auch, daß du diesen Bus wiederkriegst?

– Na ja. Nicht so genau.

Anna kennt die Fahrplanverteilung inzwischen zu gut, da kann Lügen kurze Beine haben; stolpern kann es wie Anna Hosiannah die Treppe hinunter.

– Ich war nicht besoffen.

– Okay, du warst nicht besoffen.

Dabei war Anna, in Wirklichkeit, in der schönen Anna-Wirklichkeit, die jetzt auch kaiwirklich wurde, schön. Schöne Anna, wie sie am Morgen im Bus lag, den Kai nicht zufällig wiederfand, denn alle Busse standen immer dort, wo sie hingehörten, die Nummer des Platzes entsprach dem Nummernschild, und diese Nummer wußte Kai genau. Den Bus, der später der Annabus wurde, eigentlich es schon war, aber das wußte Kai ja noch nicht, weil er gar nicht wußte, daß Anna, dieser faule Nachtschmetterling also da in seinem Bus, ja, daß das Anna, der faule schwarze Nachtschmetterling, war, der gern auf Baustellen starrte, als Kai diesen Bus also nicht zufällig an seinem Platz vorfand, und erst als er einstieg, und Anna, schwarzer Mantel, weiße Haut, da liegen sah, erinnerte er sich.

– Weiße Haut?! Ich schlotterte!

Das sieht Kai heute ein, im Bus getrieben haben sie es aber noch nicht, sie haben gedacht, daß das Unglück bringt, aber vielleicht sollten sie es mal versuchen, denn jetzt ist das Unglück sowieso da. Anna ist wieder nicht schwanger.

Ach, die Verneblungen und Vernablungen, das Dickicht des Wünschens, sie hätten gern ein Kind, aber bekommen es nicht.

Vielleicht-klappt-es-diesmal, Anna liegt frisch auf dem Bett. Es ist Nacht, Anna mag diese Zeit, doch nun steht sie wieder auf und lehnt an der Tür. Hat Kerzen angemacht, das klassische Verführungsgedeck: blaue Tischdecke, weißes Geschirr, aber die Kerzen rot, tropfend, lang – ja genau, was denn sonst. Sie legt sich in die Badewanne, schäumt sich ein, so daß sie die Brustwarzen aus dem Schaum strecken kann, wenn er die Haustür aufschließt, zündet Teelichter auch am Wannenrand an. Wird das Wasser kalt? Anna wartet es ab, Anna Unverzagt weiß, daß Kai noch kommen wird, zweifelt keinen Augenblick daran. Das Wasser steht ihr nicht bis zum Hals, nur bis zum Dekolleté, Glitzerschaum Colorline von Betrix, 50 Euro pro Tube, auch nicht besser als Fettcreme aus dem Schlecker-Markt, das ist Anna egal, sie ist noch jung, räkelt sich, Schlange sein, das will sie üben, nein, sie kann es schon. Anna Krönchen: Ich bin begehrenswert, Anna Kanönchen, ihr bester Clip.

– Anna, wo bist du denn? Verdammt, was soll denn d…?

Endlich hat er den Kerzenreflex gesehen, doch Anna ist halb eingeschlafen ins Wasser gesunken, Schaum klebt am Kinn, die Beine hängen schrumpelig heraus, da lacht Kai, daß der Türrahmen nur so wackelt, aber sie rafft sich hoch: Was tut sie jetzt nur, winkt ihm mit dem Zeh, er findet das noch-immer-lustig, es sieht aber auch nett aus!, Anna mag Berührung an den Füßen, Kai weiß es, der Glanz im Dekolleté springt ihm in den Augen, endlich, sie spritzt ihn ein bißchen an, jetzt drückt er ihr mit der Hand auf den Kopf, nur zum Spaß, sie zieht ihn zu sich, wild und heiß, na ja, heißer als das, was Kai ist, allemal! Beinahe wäre er ins Wasser gefallen, wie gut, wenigstens ein Grund, die Kleider wegzuwerfen, und Anna, noch in der Wanne, wälzt sich, aber nicht zu sehr, gerade genug, daß die Wanne dieser Anne nicht so in den Rücken drückt. Doch Kai schafft es nicht recht, ein klitzekleines bißchen nur hoch, er ist aber auch müde, niedergebürstet, nach so einem Tag auf der Straße, im staubigen Bus.

– An dir, meine Liebe, liegt es jedenfalls nicht, sagt Marina und drückt Annas Hand, denn Marina hat Anna zum Arzt gebracht und alle Bilder gesehen.

Sie sitzen auf den edel geschwungenen Holzbänken eines Cafés. Der weiße Hund der Besitzerin jagt einen Zeitungsballen von einem Ende des Tresens zum anderen. Ein paar braune Flecken schwimmen in seinem Fell, wie in dem Macchiato, der endlich kommt. Ja, guter Rat muß nicht teuer sein. Marina kennt sich mit Ärzten bestens aus, Marina wurde als Dreijährige »auf die Sportspur« gesetzt, sagt Marina, kaum fragt man sie. Exakt wie ihre Mutter es immer sagte, »Sportspur«, wörtlich, zu den Journalisten, wiederholt Marina es, auch wenn keine Journalisten da sind, was selten passiert in dem Café, in dem sie sitzen, doch jetzt sind gerade mal alle weg.

Nur wir sind da. Und wie! Anna nimmt einen zu großen Schluck ihres Kaffees, daß sie sich fast die Zunge verbrennt, so regt sie auf, was Marina ihr flüstert, ins Ohr. Mit 28 ist im Spitzensport alles vorbei, doch nichts in der Gynäkologie. Anna ist froh, daß sie die Sportschiene nie von innen sah. Marina, Kurzstrecke, Mittelstrecke, Meisterin. Nomen est omen, schrieb der erste Journalist, die Kleine, neun Jahre alt, schwimmt wie ein Fisch.

Heute ist Marina Synchronschwimmerin und kennt sich bestens mit Ärzten aus, von jeder Sorte weiß sie zehn. Dezent flüstert sie Anna jetzt die Lösung zu und schießt damit den Vogel ab, der in Wirklichkeit über Anna und ihr dahinflattert, aber nur kurz, jaja, so ein Silberstreif am Horizont!

Acht Wochen, zwei Eisprünge und 50 Whiskys später streichelt Anna Marinas Hand, erneut dort im Café. Der Hund liegt unter einer Bank und schläft. Draußen schwimmt Luft entlang, innen schwimmt Stickstoff entlang, draußen kippt der Hof in die Glühbirnendunkelheit. Drei Inder betreten den Laden, jeder verkauft keine Rose. Lipstick färbt Annas lila Horizont auf das grüne Glas, in dem Klares nicht lange schwappt, Marina nippt am Perrier, Kai und Jo, zu Besuch dabei, kippen Pils um Pils. Unsere vier Freunde! Stumm hocken sie hinterm Restaurantschaufenster – Püppchen aus Teig mit all ihren Knetungen und Verkettungen, und den heimlichen inneren Stimmen, die ununterbrochen krähen: tangere me, tangere me!

Doch Anna! Anna hat Kopfweh, sie funkelt so grün, dabei ist ihr Kleid rot, sie hat die Augen geschlossen, doch wir leuchten hindurch, hier, hinter den Brauen ist es bei

Anna sehr schön, na, kleine Nachtschwärmerin, ob unser Schauen dir bekommt? Der Migränetyp ist Anna sonst nicht, was stöhnt sie denn so? Kai, über sie gebeugt: Ruh dich mal richtig aus! Anna liegt still; sie will uns nicht alles zeigen, ihm auch nicht, schon gar nicht ihren Bauch. Dort ist es dunkel, wir sehen aber trotzdem durch ihr Auge hinein, sie ahnt es nicht. Der Bauch ist leer, das ahnt sie schon. Auf daß aus der Passionsfrucht noch was werde, geht rank und schlank Anna morgen zur Samenbank, Annas Gedanken sind schon dort, dieser Eisprung wird bombastisch sein, Anna macht die Augen auf und zu, zu und auf, allmählich läßt der Kopfschmerz nach.

Da stöckelt sie auch schon durchs Restaurant, Anna rosig, die Handtasche zwischen Arm und rechte Hüfte geklemmt, ein Stück Gewehr, ein Beutel Utensil. Anna ist noch nicht aus dem Alter raus, in dem man Plateauschuhe unschuldig trägt, die 70er sind bei ihr mehr als Bilderinnerung, ein Rest wirklicher Erinnerung hängt im Gehirnstoff herum, soweit sich das unterscheiden läßt: das Gehirn und sein Stoff, Anna und die Erinnerung. Anna, du romantisches Vieh, sagt sie sich, jetzt stehst du hier im Klo, da draußen hocken Marina, Kai und Jo, der jetzt ebenfalls nach Berlin ziehen will, uncool, aber so denkt Anna nicht wirklich, sie probiert dieses Denken nur aus. Das Verhältnis mit Jo war ganz nett, jetzt ist es Geschichte. Anna setzt sich die Spritze in den Oberschenkel, so hat der Arzt es ihr gezeigt, desinfiziert, wohldosiert, dieser Eisprung wird bombastisch sein. Zwölf Jünger auf einmal am Tisch ums Ovarium, winzige weiße Hormoneier, Anna kichert, sie macht gern kleine philosophische Scherze, ist fertig, angezogen, wäscht sich die Hände. Ihre Lippen liegen kühl auf dem Spiegel, am Ende, kurz bevor sie geht.

Kai fährt Bus, aber zuvor streichelt er den Kater, der Marina gehört, Kater Mischmasch, Kater Wohlkregelig. Kater sind nie einfach als Geschenk verpackt, dieser hier ist kastriert. Er verfettet jetzt leichter, kriegt dennoch nur Vollmilch. Halbfette Milch, wie etwa Anna sie trinkt, darf der Kater nicht trinken, nie halbfette Milch für kastrierte Kater, Wunder der kastrierten Natur, das ist eine Abschweifung, aber so denkt Kai, fährt er doch Bus. Lautlos wringt er die Hände, wir sind es, die flüstern: Na komm schon, hör die Leute nur reden – hör mal, Kaichen, wie sich in deinem Bus darüber unterhalten wird, daß das Wetter heute wenig spektakulär werde. Doch was für eine Täuschung! Wetter ist Ansichtssache, und wir sind auf jeden Fall dabei. Aber Kai, was soll das Ding da auf dem Fahrersitz? Ist das etwa Kais Wichsfläschchen? Das hätte Kai wohl gern, doch er ist ein armer Kerl, wir lecken ihn gern einmal extra ab. Kai ist zwar gut in Berlin angestöpselt, aber aus dem Samenmodul ausgestöpselt, wir hingegen *befruchten ohne wuchten*, arbeiteten wir in der Werbung, wäre das unser Spruch! Gern gehen wir auch mal um neun ins Bett, man stellt die Uhren sowieso nach uns, wir sind bezaubernd natürlich, doch Kai: Das ist es ja! Daß da etwas kommt, aber nichts drin ist, immer mehr Männer haben ein solches Wetter, angeblich weltweit, Wetter ohne Füllung, Wetter, das aussieht wie Wetter, und das Wetter wird nicht besser. Also sitzt er ohne Röhrchen in seinem Bus und starrt die Tachodeko an, ein Stück deutscher Wald. Schon vor ein paar Monaten hat er es Anna gesagt, und sie hat komisch gelacht, und sich dann weggedreht, und dann mit der Hand genickt, also abgewunken und traurig geschaut, und dann nichts mehr, seit Ewigkeiten nichts dazu gesagt.

Kai klappt die Sonnenblende runter. So was hat der Bus gar nicht, stimmt – wir sehen ihn daher auch nicht mehr im Bus, sondern Stunden später in einem Auto, das Kai von Jo geliehen hat, aber nicht richtig, denn Jo fährt mit. Kai steuert, Jo hat eine Fahne, Kai hat alkoholfreies Bier, Jo hat Rotwein, jetzt kommt gleich ein Caipi dazu. Ab ins Schwarze Café, hier Abhalfterplatz, hier Spiegelstadium, witzelt Kai, dabei meint er nur den Savignyplatz und die Nutten, die da stehen und sich schminken, in ihrer Ecke, über dem beschafteten Bein.

Wir aber fallen darauf, gern – wir fallen in alles hinein. Das Bein streckt sich uns entgegen, wir lecken daran, es könnte Anna sein, und wirklich, wie gerufen, da ist sie, denn wir sind überall zugleich. Wo geht es nun schon wieder hin, so spät am Tag, unser Annafrüchtchen? Unter einem Baum lehnt es sich an, so schwach ist ihm, so nagt der Zweifel am pochenden Herzen, ob sie es Kai unterschieben soll? Andererseits: Es ist wohl besser für das Kind, wenn er es nicht weiß. Und später kann sie es ihm ja immer noch sagen. Schon läuft es weiter, unser Anönchen-

Amöbchen, einmal auf eine Schiene gesetzt, ist es einfach leichter, den vorgesehenen nächsten Schritt auch zu tun, als alles anzuhalten, so ist er, der Mensch, ach, was für ein Wetter für einen Strahl!

Wir tänzeln.

Wir blenden.

Wir rasen außen und innen entlang.

Da sind 10 km nichts, also zurück zu Kai im Schwarzen Café. Ganz allein sitzt er da, Jo ist pinkeln, Kai denkt. Es gab Anzeichen, daß es nicht klappen würde. Daß aus etwas nichts wird, merkt man immer daran, daß rückwirkend diese Anzeichen auftauchen, denkt Kai. Er war bei Marina und hat dort den Kater gestreichelt. Sie hat ihm die Adresse des Arztes gesagt, was Anna seit Monaten dort tut und wie der Deal aussieht, den sie mit dem dottore geschlossen hat, denn die Reproduktionsmedizin ist neu und nicht faul, kregelig und gut finanziert und Anna ein gefundener Eierfalter für die, hat Marina gesagt und dabei Kai angeschaut wie eine frisch dem Ethischen Rat entstiegene Nixe, aber verschmitzt. Kai hat sich gewundert und einen Augenblick geglaubt, daß sie ihn aufstacheln will (aber sie ist doch Annas Freundin?), und jetzt weiß er nicht, was er tun soll: Anna zur Rede stellen, und alles fliegt auf –

– du wolltest mich betrügen!

– wollte ich nicht!

– doch!

und alles ist aus (das ist Betrug an dir!, hat Marina gesagt). Oder Häschen im Dornbusch spielen, das von nichts weiß?

– Schau mal, die haben den Schweinen rote Rosen in die Mäuler gesteckt! Das sagte Jo schon vor zwei Jahren zu Anna, damals war es noch Jo, ja Jo, der mit Anna in den Galeries Lafayette einkaufen ging und jetzt aus Travemünde hierher ziehen will, wir fickten damals, sagt Kai, quasi die ganze Nacht durch, damit meint auch er Anna, aber Anna auf dem Bus.

Jetzt lacht auch Jo: Die roten Rosen mit Anna, ernst war das zwischen uns nie!

Kai dreht sein Bierglas auf dem Tresen, dreht.

– Nervös?

– Nee, müde.

Jo beschreibt für Kai das Geräusch beim Zerlegen des Hotelbetts auf der Suche nach einer Kontaktlinse von Anna in Wien, stundenlanges Zerlegen und Schütteln aller Stoffe, dann der Matratze, dann des Lattenrostes, dann des Bettgestells. Doch Kais einziger Trost wäre besseres Wetter. Wie er davon träumt! Wenn ich mich als 17jähriger daran gemacht hätte, wenn ich als 20jähriger, wenn ich schon als 13jähriger, also als ich ein 17jähriger war, wenn ich da jemanden kennengelernt hätte, hätte es bestimmt geklappt.

Jo schaut, so tröstend er kann, und kippt ein Bier, auf daß es bei ihm anders kommt und weil.

Wir kichern.

Wir springen von Dach zu Dach.

Wir spielen um Marinas Körper (denn Anna ist uns kurz entzogen, aber es dauert nicht lange, wir spielen mit Menschen, sie kommen immer wieder zu uns zurück), und Marina, ach Fischchen Marina, wie es zu Hause Schwimmübungen auf dem Teppich macht und dabei denkt: Könnte ich nur besser sein! Doch naturbelassene Körper bauen ab, und wir helfen dabei. Marina, dieser auf dem Teppich zappelnde Frosch, jedoch behauptet: Jeder Mensch ist ein Gespräch. Sie redet eben gern beim Training, das sehr langweilig ist. Dafür muß sie sonst für ein bißchen *action* sorgen, manche sagen: Marina ist zu viel allein, Marina quasselt wie ein Wasserfall, weil sie beim Schwimmen immer den Mund halten muß – kurzum: Marina ist ein Opfer des Sports, aber Marina sagt: Marina ist eine Trophäe des Sports. Täglich beim Joggen im automatischen Wald spricht sie sich diesen und andere kleine Merksätze vor: eine Sekunde hat 10 Zehntelsekunden eine Sekunde hat 100 Hundertstelsekunden eine Marina hat 300 000 Trillionen Zellen die wachsen funken verfallen schnellen – da steht sie auf und ruft Kai an: Ich hab dir noch nicht alles erzählt. Komm her! Und Kai fährt hin, und streichelt Marinas Kater, und streichelt ihn.

Ja, jetzt strahlen wir.

So mögen wir euch.

Immer schnell bei der Hand, immer flott im Salat.

Und auch Anna ist wieder da. Wir haben einen Schlitz

im Rolladen gefunden und sind hineingekrochen zu unserem fetten Schmetterling, der weiß, was er will. Liegt auf dem gynäkologischen Diwan, ganz Hinterleib, und wie er seine Eierchen abschiebt in die Pipette. Komm Annachen, gib's her! Die Ampulle Tiefkühlsamen aus den Niederlanden (nicht schütteln, du Idiot, da kleben die Finger fest) darf's für Anna danach sein, wer A sagt, kriegt sein B, hat der Arzt gewußt. Das ist nicht illegal, solange die Eispende freiwillig, nicht ganz legal, aber möglich, nicht ungerecht, sagt Anna sich, und Kai: Das wird vertagt.

Anna ist nervös, denn wann liegt man schon so beim Melken, obwohl es bei Anna das zweite Mal ist. Aller guten Dinge sind zwei, man hat ja so viel Müll im Kopf, hat der Arzt gesagt, dabei zweimal fast ein Dutzend Annaeier entnommen und selbige, sagte er, weiter prozediert, da fragen wir lieber nicht nach. Eines wird jetzt wieder in sie eingepflanzt, denn zweimal Annamelken hat seinen Preis: einmal Anna zurückmelken! So wird geforscht. Tief wirkt auf Anna Kanönchen in spe die Bemalung der Praxis mit einem Dschungel, die Tiere schauen zu, aber es sind nur Vögel, nicht so …, schön bunte Vögel, die Kanüle hängt am Arm, nichts schmerzt, der Rest ist altbekannt, ein Gynäkologenstuhl.

Wir, Anna, sind jetzt bei dir: Kleine Nachtspinne du, ist das ein Klistier? Kommt ein Junge oder Mädchen raus? Na, das weiß Anna natürlich! Anna was Befruchtetes einpflanzen, hat der Arzt gesagt: Was möglich ist, wird getan. Embryonenselektion ist verboten, aber so ein bißchen Schielen ist erlaubt, wenn jemand unbedingt eine Tochter will. Wir tun alles Mögliche, unser Möglichstes!, wollte ich sagen, sagte der Arzt, also bekommt Anna zwei befruchtete Eier xx und wird frisch ein Annaselbzwei mit Hilfe der Flasche 243 (young white male aus Amsterdam). Kurz packen Anna die Zweifel: Wär's im eigenen Bett nicht nett? Doch Anna steht zu ihrem Entschluß. Annakuchen in Anna rein, auch Kai wird erleichtert sein!

Für Anna heißt es fünf Wochen später beim Arzt, »Es ist eine Schwangerschaft«, und das stimmt, denn der Fötus ist der Fötus, und einer hat sich festgesaugt. Ohne die Wand in Anna wäre er tot, aber lebte er zuvor? Komische Frage, jetzt jedenfalls ist der Fötus da, stimmt, er sitzt an der Wand und pocht. Eine Fremdsamenspende belastet jede Beziehung, aber nur was man weiß, macht einen heiß. Anna Marönchen freut sich auch ganz ohne all diese Fragen auf das Kind: Man wird Anna zigfach sehen. Ob Anna ihre Anna dann vielleicht Marina nennt? Erneut will Anna es Kai niemals sagen, denn das macht ihm nur unnötig Plagen, er soll glauben, es sei von ihm, und über sich selbst glücklich sein, da steht er draußen vor der Kliniktür und wringt die Hände vor Freude!

– Muß unser Kind wohl gleich mit dem Bade eingeschüttet gewesen sein!

– Du bist süß, sagt Anna, und für einen Augenblick sieht sie etwas in Kais Augen, das sie nicht versteht, aber sei's drum. Denn er ahnt doch nicht, denkt Anna, was gelaufen ist, während sie nichts zu ahnen braucht, sondern alles zu wissen glaubt.

Kai gibt Jo ein Bier aus, erschöpft von den vielen Besuchen bei Marina, und mehr als eines, Kai will mit Jo die supergesteigerte Samenqualität begießen, obwohl er annimmt, daß Marina auch Jo alles erzählt hat, denn sie redet gern, und besonders, wenn es anderen weh tun kann. Doch Jo verzieht keine Miene und erweist sich unerwartet als Freund, obwohl er frisch aus Travemünde kommt. Jo also begießt mit Kai die so hervorragend gesteigerte Samenqualität, die Kai sich entschlossen hat anzunehmen und von der auch Jo rückhaltlos schwärmt. So kann Kai bei Anna bleiben und mit ihr ein Kind haben, und später kann er ihr immer noch sagen, daß er alles gewußt hat, und das wird dann die Liebe gewesen sein, und vielleicht sagt er sogar, was Marina ganz am Ende erzählte, auch wir wissen nicht, was es war, er hat noch einen Trumpf in der Hand, das schadet ja nie, und in der Liebe erst recht.

Jedenfalls: Begeistert schenkt Kai ein paar Tage später Anna seinen Bus, er hat ihn billig der BVG abgekauft. Erneut kann Anna kein Wässerchen trüben, lächelnd steigt sie ein. Der Bus ist ganz leer, bis auf Kater Wohlkregelig, Marinas Schmuse-ein-und-alles, Kater Jetzt-ganz-steif-und-kalt. Wo kommt der denn her? Hat Kai ihn gebracht, oder Anna, oder Jo? Anna sagt nichts, und Kai sagt nichts, und sie schauen sich an. Die Welt ist nicht glatt, und zum ersten Mal sehen sie sich.

Die Welt hat Buckel und Warzen, wir tanzen darauf.

Anna selbzwei schreibt Marina eine Karte, in der sie sich für alles bedankt, und meint jedes Wort! Beim nächsten Synchronschwimmen – »Schmetterling der Nacht« – bekommt Marina einen fürchterlichen Krampf. Sie heult um ihren Kater. Wer hätte gedacht, daß es so endet, wer hätte gedacht, daß es so anfing und endet. Wir lesen mit, tanzen über die Buchstaben der Karte von Anna, Neu-Anna kommt bald, was aber eine andere Geschichte ist, sagt Anna, die dort hinten an der Bustür lehnt – wir, ein Sonnenstrahl, kitzeln sie an der Nase, und sie, sie lächelt, wie nur so eine Anna lächeln kann.

Wackelkontakt

Es war das Jahr, in dem Erwin freitags seine Tochter Sonja, das Nachbarmädchen Ruth und ein paar andere von der Schule abholte. Frau Ihle stand am Fenster und winkte. Die letzte Stunde freitags war Physik. Kritisch wird es, sagten die anderen Lehrer zu Frau Ihle, wenn die Klassenstärke über 45 geht. Das würde spätestens im Februar passieren, wenn diejenigen dazukamen, die schon zum Zwischenzeugnis durchfielen. Jedes halbe Jahr erreichten die Lehrer einen kritischen Zustand. Nur Frau Ihle nicht. Sie verstand etwas von dichten und noch dichter gepackten Räumen. S, M, L, XL. Die Schüler waren kleine Chamäleons, gedrängt auf einem Ast. Er war dünn, und sie kamen dicht gepackt.

Freitag mittag. Erwin rief hallo, Frau Ihle winkte. Farben sind physikalische und physiologische Tatsachen, wiederholte Ruth, als sie in Erwins Kombi kletterte, und rammte ihren Ellbogen in Sonjas Rippen. Beide giggelten. Erwins Nase war mal wieder rot. Er winkte immer noch, Frau Ihle machte ein schnelles Zeichen am Fenster, das nur Sonja sah, Erwin sagte, Schluß jetzt, wir fahren noch am Baumarkt vorbei. Also bogen sie, wie jeden Freitag, neben dem Baumarkt rechts ab und hielten, mit quietschenden Bremsen, vorm Supermarkt – die Bremsen quietschten immer, wenn das Auto so voll war.

L, Gegenwart. Sonja, Ruth und die anderen rannten in den Laden, damit Erwin keinen Parkplatz suchen mußte. Die Verkäuferinnen kannten das Ritual, Freitag mittag, mehrere Mädels mit je zwei Six Packs an der Kasse. Sie ließen sie durch. Die Welt war sicher, aber konnte jederzeit untergehen. Für den Rest der Fahrt nahm jeder im Wagen ein Six Pack auf den Schoß, denn es paßte nichts mehr ins Auto, saßen die Kinder erst einmal darin. Dabei waren es nur die Kinder aus der Straße. Die Straße war kurz, und allein deswegen reichte Erwins Kombi für das Six Pack Kinder mit je einem Six Pack Bier obendrauf. Und Sonja hielt die Flasche Sekt. Sekt kauften sie sonst nie. Sie drehte die grüne Flasche, starrte auf das silberne Etikett, schnüffelte am Verschluß. Erwins Nase war wieder blasser geworden, dafür glühten jetzt seine Wangen. Irmelin, flüsterte Ruth, wußtest du das, Irmelin Ihle. Beim Aussteigen schüttelte Ruth den Sekt, und Sonja freute sich auf Erwins Gesicht, bis ihr einfiel, daß er den Sekt nicht aufmachen würde, nicht gleich.

In der Schule erklärte Frau Ihle, was ein Atom ist. Sie zeigte Modelle, obwohl ein Atom Unsinn war, nämlich etwas Unteilbares, das sich teilen ließ. Dabei schaute Frau Ihle traurig. Oder auch nachdenklich. Alle Dinge bestanden aus Atomen. Atome bestanden aus riesigen Löchern. Sie bestanden eher aus weniger als aus viel. Eher aus nichts als aus etwas. Ja, sagte Frau Ihle, das von uns unabhängige Dasein der Gegenstände. Die von uns unabhängig existierende Materie. Die auch in uns existierende atomare Löchrigkeit. Sie wiederholte es jede Physikstunde. Jede Physikstunde war eine Philosophiestunde.

Frau Ihle sagte: und das Geheimnis der Existenz all dessen außerhalb von uns.

Frau Ihle sagte: Allem, was außen geschieht, entspricht eine innere Veränderung. In diesem Augenblick heulten die Sirenen los. Jedes halbe Jahr übte die Stadt Alarm. Die Welt war sicher, sie sollte es bleiben.

Das Schuldach bebte. Der Regen pladderte. Jede Sirene trug ein kleines Dach über sich. Phallus mit Schirm, sagte Marko, und einige Mädchen lachten. Als Ruth kam, schrie wieder einer »Atombusen«, aber Sonja war nicht klar, ob der dann besonders groß (so schien es) oder klein (das wäre logisch gewesen) sein sollte. Das Wort »Atom« hatte einen heiter gekräuselten Rand.

Zitternd drängten sie sich unterm Vordach zusammen. Es war natürlich zu klein für so viele Schüler. Endlich fuhren die vier großen roten Löschfahrzeuge ein. Niemand wußte, wozu im Fall eines Atombombenalarms Schläuche gebraucht würden. Jetzt jedenfalls war es auch so schon naß genug. Flo steckte einen Finger in den Mund, hielt den abgelutschten Knochen hoch und sagte: Ich teste den Wind. Die Bombe würde von Osten kommen. Ostwind war also schlecht. Bunker stand keiner auf oder gar unter dem Schulgelände, weder für die Lehrer noch für die Schüler, und Ruth regte sich auf. Vermutlich gab es für die Lehrer einen heimlichen Lehrerbunker, und nur die Schüler, die für alles nichts konnten, wußten nichts davon.

Man sollte die Lehrer auf den Mond schießen, statt Atomköpfe auf Raketen zu stecken, flüsterte Ruth, die gern ihre Mutter auf den Mond geschossen hätte, Sonja ins Ohr.

Ruths Mutter lebte im Winter in Kalifornien, im Sommer in der Toskana, mit Männern im Six Pack, sagte Ruth, und Sonja stellte sich diese Mutter als Chamäleon vor. Meine Mutter ist hübsch, sagte Ruth, die bei den Großeltern aufwuchs, und ich werde es auch. Sonja wußte nicht, ob sie Ruth beneiden sollte. Hübsch war ihre Mutter auch, aber ob sie, Sonja, es wurde? Doch Ruth hörte sowieso nicht zu, denn nach ihrer Mutter kam sofort ihr Vater. Er duldete keinen Aufschub. Ruths Vater baute Bunker, Ruths Vater war reich. Er kommt aus den Aufträgen gar nicht mehr heraus, sagte Ruth, jeden vierten Samstag besuchte sie ihn, und sie gingen in ein teures Café.

Der Lärm der Sirene kam XL. Ihr Auf-, Ab-, Auf-, Abschwellen machte die Luft weiter, die noch kahlen Bäume kahler. Graubraune Äste beulten sich naßglänzend gegen den Himmel. In dicken Tropfen schien das Sirenenheulen von ihnen auf die Umstehenden zu fallen. Im Inneren des Schulgebäudes kämpfte die Feuerwehr gegen das Unsichtbare. Endlich hatte Ruth verstanden, was Sonja ihr zugeschrien hatte, denn sie schrie zurück: Er macht die Welt sicherer! Und was er damit verdient, erbe mal ich!

In diesem Augenblick fand die Feuerwehr den Knopf. So daß Ruth ihren Satz hineinschrie in die plötzliche Stille der vom Heulen weit gewordenen Luft, zwischen die taumelnden Krähen, hinein in die vom Lärm leergeblasenen Gesichter, die wie Pilze am Rand dieser an die Wolken gesteckten Ruhe zu wachsen schienen. Ruths Satz hallte durch den ganzen Schulhof. Ruth erschrak, und vor lauter Schrecken rief sie dem Satz gleich einen zweiten hinterher: Morgen darfst du in den Bunker mit!

Das hatte Sonja schon lange gewollt, aber Ruth hatte immer abgelehnt.

Samstag, 11 Uhr. Erwin war weggefahren, mit geröteten Wangen, also sagte nur Sonjas Mutter tschüs zu Sonja, die es gar nicht mehr hörte, denn da stand er endlich, Ruths Vater, groß und real und sehr dünn. Er sprach leise. Die Hand, die er Sonja gab, war gut gebräunt und glatt, ganz anders als Erwins Hände, auf denen schwarze Haare bis zu den Fingern wuchsen. Als Ruths Vater sich ins Auto setzte, stülpte sich ein kleiner runder Bauch über seine Hose. Er muß oft essen gehen mit Geschäftsleuten, sagte Ruth später, nur die feinsten Restaurants, und Sonja dachte, daß der Vater wahrscheinlich von dem schlechten Licht dort so rotgeäderte Augen bekam. Seine Ohren standen weit ab, das mochte Sonja gleich.

Der dunkelblaue Mercedes roch, wie nur neue Autos riechen. Und er fuhr, wie nur ein außen so dunkelblauer und innen so dunkelgrüner Mercedes fahren kann. Jedenfalls ganz unvergleichlich. Sonja saß auf der Rückbank, Ruth vorn. Nach einer Stunde kamen sie an. Ruths Vater sprang in den Regen und drückte mehrere Knöpfe neben dem Tor. Das Schmiedeeisen glänzte vor Nässe, nur das *Hier bewachen wir*-Schild mit zwei Schäferhundköpfen glänzte noch mehr. Lautlos glitten sie die gewundene Auffahrt hoch.

Das Haus enttäuschte Sonja – ein Bungalow!, ganz weiß und so flach –, doch Ruth strahlte. Also strahlte auch Sonja, um Ruth nichts zu verderben. Das besorgte schon jemand anderes. Eine Frau in einem langen, glitzerndorangen Morgenmantel hatte die Haustür geöffnet: Hallo, Kleine! Da bist du ja.

Schon wieder sprang Ruths Vater aus dem Wagen, ging auf den Morgenmantel zu und küßte den grellorangen Seidenwiderschein auf dem Gesicht. Ruth und Sonja stiegen auf der anderen Seite des Dunkelblaus aus. Sonja mochte China und Chinaorange. Doch Ruth warf Blicke in Sonja wie Angelhaken, als wäre Sonjas Herz ein Fisch und als wolle Ruth es ihr aus der Brust ziehen und es zerquetschen, vor der Frau – als wäre es deren Herz.

Der Bunker lag hinter dem Haus. Ruths Vater führte sie auf einem knirschenden Weg in den Garten, bis er einen Vorhang aus Efeu anhob, der über eine Böschung wuchs. Die Böschung war niedriger als Sonja, noch niedriger lag die Tür. Ruths Vater stellte sich vor Ruth und Sonja, sie sahen nur, wie der Anzug am Ellbogen Falten warf, hörten, wie das Schloß knackte und knackte. Jetzt waren auch Ruths Backen rot. Es kam nicht von der Aufregung, sondern von der Kälte, die ihnen entgegenschlug. Der Bunker roch nach Keller.

– Bitte sehr, meine Damen!

So durften sie hinunter und hinein.

Ein paar Stufen, von einer Glühbirne spärlich beleuchtet, ein schmaler Gang. Beinahe wäre Sonja gestolpert. Sollte sie jemals in einen Bunker umziehen müssen (oder hieß das dürfen?), nähme sie Räucherstäbchen mit. Ruth ging voran, dann Sonja, ihr Vater zog die Tür hinter sich zu. Sein Schatten wickelte sich über Boden und Wand bis zur Decke hinauf. Sonja fühlte sich komisch, doch Ruth zog sie am Ärmel. Das macht er immer, sagte sie, das gehört dazu. Sie meinte die Tür.

Kanker kankerten panisch den glatten Beton entlang. Sonja mußte sich nicht bücken, doch ihr Kopf stieß bereits beinahe an die Decke.

– Ideales Bunkeralter, ihr zwei, sagte Ruths Vater.

Um sie herum wisperte es, huschte, dämmerte und sprach. Geräusche, als stöhne da wer. Sonja wurde gerade unheimlich, da kamen sie im Hauptraum an.

Es sah aus wie in einem Supermarkt, in dem man auch schlafen kann. An den Wänden Regale bis zur Decke. Überall Konserven. Dazu Taschenlampen, Toilettenpapier, Wolldecken. Weckgläser mit Marmeladen und Pfirsichen, die sich in ihrem Saft drehten wie dicke Monde. Dosenöffner, Flaschen ohne Etikett (Schnaps, wird Ruth Sonja später erklären), Wasser in Dosen, Milchpulver, Schokodrinks. Ein Spiritusbrenner. Vor den Konservenregalen drei Pritschen. Auf jeder ein altes Schaffell, genau so eines, wie es auch bei Sonjas Eltern vor den Betten liegt, damit man abends mit nackten Füßen ins Warme und Weiche tritt. Ein Radio, Batterien. Fünf Flaschen Zitronenpril. Ruth brachte drei Hanuta.

– Warst du wieder am Naschschrank, sagte ihr Vater mit einem zärtlichen Schnalzen.

Zu dritt saßen sie auf einer der Pritschen und aßen.

Ruths Vater biß mit dem gleichen Gesichtsausdruck in sein Hanuta wie Ruth. In zwei Ecken des Supermarktzimmers stand ein jeweils kniehoher Apparat. Das ist unser Baum, sagte Ruth. Falls die Luft draußen vergiftet ist, erzeugt er Sauerstoff. So daß man nicht ersticken muß, im Bunker. Denn es kann sein, daß draußen alle Bäume tot sind, so daß man draußen ersticken muß.

– Falls man noch dazu kommt, sagte Ruths Vater.

Vier Wochen konnte man in diesem Bunker überleben. Draußen verbrannte man, glaubte Sonja. Ruths Vater sammelte die Hanuta-Packungen ein.

– Na, denn mal los!

Sie suchten, bevor sie gingen, die Konserven durch. Sie wurden regelmäßig ausgetauscht. Sonjas Mutter und Großmutter machten es ebenso. Auch ihre Vorratskammern standen voller Konservendosen, sie nannten es »bunkern« oder »jetzt bunkern wir wieder was ein«. Dazu lachten sie, etwas verschämt. Ob Menschen, die in einen Bunker gingen, wie Konserven wurden?

Etwas brummte laut, verstummte, es war dunkel, mit einem Schlag. Alarm, dachte Sonja, Alarm, aber Ruth rief »Stromausfall«, mit jubelndem Ton. Sie kannte das wohl, aber Sonja hatte solche Dunkelheit noch nicht gesehen. Es war nicht dunkel, es war finster, kein Licht, keine Richtung mehr, war auch das Physik, Sonja wurde schwindlig, als habe das Licht alle Luft geschluckt, so mußte die Hölle sein, ein Atom, aufgehängt in seinen Sphären, die es nicht berührten, so schwankte Sonjas Ich im Kreis, sie konnte jetzt überall sein, in einem U-Boot, einer Rakete, im Bauch eines Wals, flog und fiel zugleich, roch plötzlich die Spinnen, hörte sie laufen, aber was half es, in ihren Ohren rauschte die Schwärze noch lauter, ihr war schlecht, sie verschwand sich ja selbst, so erfuhr sie, daß überall sein nirgends sein ist und das Atom für sich ein armes schwarzes Ding.

Als Ruths Hand nach ihren Fingern greift, fühlt Sonja die Berührung mit einer Intensität, die sie fast aufschreien läßt. Nie im Leben ist sie so froh gewesen um eine Hand, die sie hält. Sie riecht Ruths Schweiß, ihr Deo, und unter allem ihre Haut. Sonja weiß nicht, wie es kommt, sie stehen engumschlungen, Ruths Gesicht drückt sich an Sonjas Schulter. Jetzt riecht sie auch Ruths Haar, eine der Klammern darin preßt gegen Sonjas Schlüsselbein. So muß ein Mann sich fühlen, wenn er eine Frau hält, denkt Sonja. Oder ist es nur die Dunkelheit, die alles zwischen ihnen so mächtig macht, und schön.

Sonjas Arme schlingen sich um Ruths Hüfte. Da sind Ruths Brüste. Da ist ihr schnell pochendes Herz; da sind ihr Ärger und ihre Tapferkeit, ein Stück Ruth unter der Ruth, die Sonja bislang kannte, Ruths verborgene Gestalt, voller Erwartung und Angst. Schnell, huschend, drückt Sonja einen Kuß auf Ruths Mund, ohne es beschlossen zu haben, ohne nachzudenken, tut es und nimmt sich doch die Zeit, zu spüren, wie Ruths starre Lippen weicher werden, nachgeben, ein Stückchen, einen Millimeter, eine Welt.

Ruth ist es, die sich zuerst löst.

– Wackelkontakt, sagt sie, Vater ist schon am Sicherungskasten, das geht gleich vorbei.

Sonja hatte ganz vergessen, daß ein Dritter im Raum war. Sie spürte, wie sie rot wurde. Noch immer roch sie Ruths Vanillehaut, als würde das nie mehr aufhören. Es tat weh. Es war neu. Sonjas Herz pochte. Noch nie war sie einem Menschen so nah gewesen, noch nie so allein wie jetzt, noch nie waren Nähe und Einsamkeit so schnell aufeinandergefolgt. Heftig schlug das Pendel zwischen ihnen aus. Sonja verstand nicht, was passiert war. Ruths Vater lief durch die Dunkelheit und suchte eine Sicherung.

Als es hell wurde, mit einem Schlag, war alles wieder wie zuvor. Blinzelnd stand Sonja neben Ruth. Verschämt ließ sie deren Hand los. Kaum waren sie die Treppe zu dem niedrigen Eingang des Bunkers hochgestiegen, kaum war die Bunkertür hinter ihnen ins Schloß gefallen, wartete auch die Chinesin wieder vor dem Haus. Alles an ihr kam in S. Das Gesicht über dem leuchtendorangen Mantel frisch geschminkt. Kehr bald zurück, sagte es zu Ruths Vater, und der Mund glänzte wie die Innenseite eines Hanuta-Papiers. Ruth knirschte mit den Zähnen. Ihr Vater schaute sie an, tat aber so, als habe er nichts bemerkt, »Einsteigen!« rief er und öffnete das Dunkelblau, während der Bungalow die Frau als seine Konserve verschluckte.

Ob es nicht schön sei in seinem Bunker, fragte Ruths Vater Sonja, während sie zurückfuhren, denn jetzt saß Sonja vorn, weil Ruth nach hinten wollte, schweigen. Sonja half ihr dabei und sagte ja. Dann sprach auch Ruths Vater nicht mehr, und Sonja überlegte, ob sie fragen sollte, wer im Notfall im Bunker sitzen durfte. Drei Pritschen. Für den Vater, Ruth und die Frau. Sonja selbst hätte keine Chance. Aber auch Ruth nicht, fiel ihr ein. Ein Bunker nützt ja nur, wenn man direkt neben ihm wohnt. Am besten wäre es wahrscheinlich, gleich in ihm zu wohnen. Die dritte Pritsche ist Unsinn, dachte Sonja.

Das Dunkelblau bremste, Sonja wurde abgesetzt, und auch Ruth stieg schon aus. Ihre Wangen waren rot wie zwei Christbaumkugeln. Das Spiel, das zwischen Ruth und ihrem Vater gespielt wurde, ging anders, als Sonja es kannte. Aber auch hier war es ein Spiel ums Glück. Daran, wie Ruths Hand in der ihres Vaters glühte, konnte Sonja es sehen. Sie schielte zur Straßenecke. Erwins Kombi war noch nicht da. Gut. Manchmal mußte Sonja Erwin bei der Rückkehr etwas helfen, er war so unordentlich, immer verwuschelte Haare, aufgestülpte Hemdkragen, doch wenn Sonja sagte, da ist was Physikalisches an dir! und die Hand leicht hob, wußte er immerhin, an welcher Stelle des Halses er den kleinen roten Streifen, diesen Hauch eines irmelinischen Lippenstiftes, fand. Atombusen, dachte Sonja. Einmal hatte sie die beiden nachmittags in einem Café entdeckt, sie aßen Kuchen und hielten sich an der Hand. Sie würde es Mutter nicht erzählen. Bislang hatte sie Erwin aus Neugier geholfen. Um zu sehen, was daraus wurde. Ihre Knie waren weich. Sie verstand, was ihr Vater bei Frau Ihle suchte. Es war nichts Sichtbares. Das Pendel schlug überall. Auch Atome bewegten sich ständig. Ihre Teile sprangen. Von dorthin nach dorthin, ohne Weg dazwischen. Das war sicher. Sie verstand es nicht. Sie würde Mutter nichts davon erzählen.

Am nächsten Montag in der ersten Pause sah Sonja Ruth

nur kurz. Ruth erschien mit Marko, sie trug Lippenstift und lachte laut, fast hing sie an Markos Arm. Sonja war erleichtert. Niemand erwähnte den Ausflug vom Samstag. Ruth ging mit Marko. M, Gegenwart.

Ein paar Monate später starb Ruths Vater völlig unerwartet an einem Herzinfarkt. Ruth erbte kaum etwas, weil er Schulden hatte und vom Rest die Chinesin die Hälfte bekam. Dabei erfuhr Ruth, daß die Chinesin ein Kind hatte, es lebte im Bungalow, und die dritte Pritsche war für es gedacht gewesen, all die Jahre hindurch. Es wurde weggebracht, wenn Ruth zu Besuch kam, meist ging der Vater aber mit ihr auch gar nicht ins Haus, sondern fuhr Ruth spazieren oder in ein Café. Nachdem alles geregelt war, zog Ruth zu ihrer Mutter, die aus Amerika zurückgekommen war. Sonja baute einen Ruth-Abschieds-Schrein aus 30 Hanutas. Erwin gab ihr extra Taschengeld dafür. Ein neues Schuljahr begann. Jetzt waren sie nur noch 44 in der Klasse. Sonja fuhr mit dem Fahrrad zur Schule, Erwin holte niemanden mehr ab. Die 30 Hanutas bestanden aus Atomen. Atome bestanden aus riesigen Löchern. Erstaunlich schnell aß Sonja die Hanutas, eines nach dem anderen, auf.

Noras Geschenk

Es regnete. Erik liebte Regen, wenn er im Bett lag, Regen gegen das leicht geöffnete Fenster, warm unter der Decke zu zweit. Doch jetzt stand er auf dem Mittelstreifen des Stadtrings, sein Wagen taub, neben ihm, schräg hochgefahren. Es war erst acht, aber seit Stunden dunkel, links sausten vier Ketten gelber, rechts vier Ketten roter Lichter an Erik vorbei, immer zu zweit. Seit Wochen sah Erik, wohin er den Kopf auch drehte, nur Paare. Erik schwamm. Allein die Zwillinge, die ersten hier gebauten Hochhäuser, sahen hübscher aus in dieser Nässe. Neubauten überragten sie, schnell hingestellte Mietsilos, eine stumme Herde steinerner äsender Büffel, gebeugt über Gerüche aus dem Untergrund, über das Gluckern der Kanäle. Dank der Regentropfen auf Eriks Brille sprangen irritierende Sternchen um die roten, gelben und grünen Neonschriften der auf den Büffeln installierten Werbetafeln. Auch Büffel hatten Hörner. Aber wie klein die Tafeln waren, im Vergleich zu denen in Hongkong. Das Taxi vom Flughafen war eine Stunde lang durch Tunnel zwischen Inseln gefahren. Die Inselhügel wurden überragt von Strommasten, ihrerseits überragt von gigantischen Werbetafeln. Sie schaukelten im Wind, als Nora ausstieg, um ein Foto davon zu machen. Doch statt abzudrücken, drehte sie sich zu Erik, warf den Kopf mit ihrem breiten Lachen nach hinten und rief: Mach lieber eins von mir, damit wir es uns ansehen können, wenn wir alt sind! (ja, davon hatte sie gesprochen), Nora, lächelnd, frisch, als habe sie nicht eben neun Stunden in einem dieser engen Flugzeuge gesessen, Nora, frisch und verliebt, ein Jahr war das her, seine Nora, und er.

Die Luft vor Erik, kalte Tinte. In zögernden Schüben floß sie über die Platten des Mittelstreifens, gerann zu schwarzen Pfützen. Die Sonne durchbohrte eine andere Welt. Erik begriff nicht, wie zusammenhängen konnte, wo er stand und woran er sich erinnerte. Die Reise ein Jahr her. Er noch der gleiche wie damals – und doch so verändert. Die Straße lief einen Hügel hoch, fiel wieder ab, stieg erneut an, höher und höher.

Die fleischigen Finger des Mannes vom Abschleppdienst – 1,95 m, blonde Mähne, blonder Schnauzer – bohrten sich mit erstaunlicher Geschicklichkeit in den Öffnungsring eines Hakens und zurrten Eriks Auto fest. Warnlicht flackerte über den naßdampfenden, tief gebeugten Rücken. Es schien zu kreisen wie eine kranke Sirene, lautlos und gelb, allen rief die hämische Farbe zu: Schaut, den hat's erwischt, fahrt ruhig vorbei und freut euch, daß ihr im Warmen sitzt. Wasser lief Eriks Nacken hinunter, als wäre der als Regenrinne gedacht.

Er griff sich an die linke Brust und fühlte unter dem Mantel die harte Kontur seiner Videokamera, trocken, einsatzbereit. Das Abschleppseil ruckte an, das Chassis von

Eriks Peugeot hob sich, als mache das Auto den Mund auf, um zu lächeln oder zu stöhnen, doch Erik hörte nichts. Er hatte den lichtempfindlichsten Film gekauft, gestern schon, der lag noch im Handschuhfach, eigentlich hatte er nicht vorgehabt, jetzt zu filmen, aber was konnte er dafür, daß das Auto streikte, er war ja zu Christians Party aufgebrochen, hatte guten Willen bewiesen, was konnte er dafür. Der Seelöwe schüttelte eher erstaunt als verärgert den Kopf, hielt aber den Hebevorgang noch einmal an, Erik wühlte im Handschuhfach, das Auto roch nach Nora, vor allem auf dieser Seite. Sie hatte einen Neuen, er fühlte es in den Eingeweiden, in den allerletzten, allerhintersten, mitten im Bauch. Fest hielt er den Film in der nassen Hand. Gequält, doch dankbar

– reiß dich zusammen!

– auch andere Mütter haben schöne Töchter!

nickte Erik dem Abschlepper zu. Wenigstens wenn er heimkäme, wäre dort alles in Ordnung, wenigstens ihren Hasen, der alle Kabel angeknabbert hatte, war er mit losgeworden! Kabel und Unmengen frischen Löwenzahns fraß das Vieh. Nora, und damit auch Erik, kaufte Löwenzahn im Winter, jauchzte über Löwenzahn im Frühjahr, dachte an Löwenzahn im Sommer, Nora-im-Trägershirt mit Erik in der Wiese vor ein paar Monaten noch, er fing gerade an, eine ihrer gebräunten Brüste zu massieren, da schrie sie vor Freude und rutschte drei Meter nach rechts zum nächsten Büschel Löwenzahn.

Vor acht Wochen hatte sie den verdammten Hasen gepackt und in das Taxi gesetzt, das sie abholte.

Bei anderen Paaren ging's um die Wäsche, immer wenn du wäschst, fehlt mir ein Socken, oder Liebling, du hast meinen Pullover geschrumpft … (Erik hatte Ulrich Beck und Donald Duck gelesen), bei ihnen ging es um Löwenzahn. Eifrig blinkend wie ein Kind bei einem neuen Spiel, glitt der Peugeot durch die Luft. Mit Nora hatte selbst Streiten noch Charme gehabt, immer auch eine komische Seite, Nora-Flora – Erik wußte, was ihm fehlte. Ein Pärchen, untergehakt, ging auf der anderen Straßenseite vorbei. Er konnte nur ihre Silhouetten erkennen. Ihre sauberen Jacken leuchteten wie Segel oder Geister. Und Erik hatte das Ziehen im Bauch. Neben den Hüftknochen. Als habe er ein Loch zwischen Hüfte und Nabel. Als habe sein Herz sich vergrößert. Wie eine Karte lag es nun über seinem ganzen Körper. In der Herzspitze saß ein Sehnsuchtsloch, und er spürte es zwischen Hüfte und Scham, groß wie ein Abflußrohr.

Eriks Wagen stand auf dem Abschlepper. Der Fahrer kroch aus der Kabine in den Regen.

– 170, unterschreiben, rechts unten.

Er beugte seinen quadratischen Oberkörper über das Papier, damit Erik in Ruhe seinen Namen kritzeln konnte, mit dem ganzen Körper formte er für Erik einen Schutzberg wie jemand, der eine Zigarette anzünden will in einem Hurrikan, ja, als gebe er Erik eine Riesenportion Feuer. Danke, dachte der und stand auch schon allein im Regen, zwischen den gelben und roten Lichtern, in Paaren zischten sie an ihm vorbei, an den Wagen und noch einmal gespiegelt im nassen Asphalt.

Erik stoppte vor einem Bürogebäude. Leerstand mit weit überdachtem gläsernem Eingang. Das Display der Kamera leuchtete, Erik legte die Filmkassette ein. Nein, nicht traurig in der Wohnung sitzen, Bier kippen, die Fernbedienung wegschmeißen, sie wieder suchen, an Nora denken, wie sie gelacht hatte, Nora, wenn er mit der Fernbedienung rummachte, »iss wohl ein angewachsener Teil von euch Männern«, Nora, die am Ende versuchte, ihm den Unterschied zwischen den Geschlechtern hirnphysiologisch zu erklären und damit doch nur einleitete, warum und daß sie bald einen neuen Freund haben werde. Er sagte »Liebhaber?«, sie sagte »ja, jemanden fürs Bett, und nett wird er sein, zu uns!«.

Vor einer Woche hatte Erik die Kamera gekauft, als Verlängerung seiner Hand. Sie würde schon sehen, Nora, diese fruchtige Schnitte, diese frischentliebte Nuß, Nora, die er stundenlang im Schlaf beobachtet hatte, Nora, die er kannte wie keine andere, Nora mit dem Detail.

Das hätte er gern wiedergesehen. Daß ein anderer es sah, wollte er nicht.

Erik arbeitet sich auf dem Gehweg voran. Sie lebt weiter, er weiß. Einmal in der Woche ruft sie an. Fürsorglich. Er erinnert sich an diese Seite von ihr. Trotz ihrer 27 Jahre. Aber was heißt das schon. Sie lebt weiter, ohne ihn. Bestimmt denkt auch sie an ihn, das kann nicht anders sein. Aber er stellt sich vor, daß sie ihn vergessen hat, vollkommen, denn das ist die Realität, die er erlebt. Sie ist fort, er ist fort von ihr. Es ist nicht seine erste Trennung. Doch dieses aufwallende Zusammenziehen im Bauch, über der Brust, im Hals kennt er nicht. Er schläft wenig, jede Nacht um fünf schießt er hoch. Ist schon ganz schief. Und in Nora fließt Blut von den Füßen in den Kopf, ununterbrochen hinauf, herab, erzählt ihr Geschichten von ihr selbst ohne ihn, spült ihn aus ihr heraus, seine Berührungen spült es fort und baut Nora um, zu neuen Pheromonausschüttungen, neuen Freuden – löscht, was war.

Erik spürte den Regen nicht mehr. Nichts rührte sich, nur die Träume, die wie Eulen und Katzen im Dunkeln sehen können, kreisten, kreisten, streiften Wände, Heiligenbilder und Spinnweben, Eriks Einsamkeit. Die Straße führte nach unten, am Fluß entlang.

Erik war 50. Kein Pickelface, das vorm Fenster der Angebeteten im Gras wichste und »Scheiße« rief, wenn es den größten Angeber der Schule an ihrem Fenster sah, von innen! Erik – ein Mann im besten Alter, im schlimmsten, in jenem juchzenden, drängenden, kränkenden Alter, in dem die Augen festklebten auf den saftigen Pos junger Frauen, und am liebsten und verhängnisvollsten seit mehr als einem Jahr festgeklebt waren auf den Schwingungen der vollhandigen Äpfel Noras. Erik verzog das Gesicht, bombastische Globen waren das, die himmlischen Hälften noch zu erfindender Früchte! Und sie sagte einfach: Ich geh. Ende, Schluß.

Er hatte gedacht, er sei kein Narr, hatte gelacht über Männer, die sich Sekretärinnen in Hotels bestellten, Studentinnen zu Wochenendseminaren in die Sauna luden. Die armen Schweine! Bei ihnen war es anders gewesen, hatte Erik gedacht. Nora hatte sich um Erik bemüht. Erik, festes Gehalt, geschiedene Ehe, reiseerfahren, ein guter Koch. Nora aß gern und mochte es, wenn er ihr Gedichte auf italienisch vorlas, das sie nicht verstand. Er hatte gewußt, was sie an ihm fand, dachte er. Als er es wußte, sagte sie: Ich geh. Ihre Sachen waren schon gepackt. Ein Taxi fuhr vor. Er stand mit ihr an der Tür. Die Straße lief hinauf, hinab, wieder hinauf – in den Himmel. Wie Silber, gefüllt, schwer, ganz für sich. Das kleine Taxi fuhr darauf davon.

Und er? Lebte weiter als Fisch. Fest hing er an der Angel seiner Gefühle, ein schnappender Karpfen, glupschäugig, doch mit silbrigen Muskeln. Nora beugte sich über ihn, wie der Abschleppmann sich über den Wagen gebeugt hatte, ihr neuer Lover kam hinzu, Nora warf mit breitem Lachen den Kopf zurück und rief: Zappelt er nicht schön!

Eriks Füße gingen automatisch. Erst gestern hatte sie angerufen, erzählt von einer Verabredung heute abend, er hatte fliehen wollen, Christians Party kam wie gerufen. Die Platanen in ihrer Straße waren alt und hoch, doch vor ein paar Jahren schon auf der Seite von Noras Haus abgeholzt worden, das hatte er mit bedacht. Einmal war er in ihrer neuen Wohnung gewesen, auf einen Kaffee, er hatte ihr einen Ordner gebracht, den sie neben seinem Bett vergessen hatte. Ein Vorwand für den Besuch, Erik sagte, »ein Detail«, natürlich verstand Nora, lächelte, nicht verlegen, sondern kokett, ja strahlte in frischem Selbstbewußtsein. In der neuen Wohnung war der Hase ins Bad verbannt. Jetzt tat sie, was Erik längst vorgeschlagen hatte. Das kränkte ihn besonders. Nora trug eine zu enge Jeans. Er konnte ihre Schamlippen sehen, geteilt von der Naht. Den Kaffee ließ er stehen.

Ihre beiden Fenster waren dunkel. Aus der Straßenlampe kam funzeliges Licht. Erik lehnte sich an den Stamm einer Platane, er war unten mit Steinen gefüllt, wie ein gestopftes Kaninchen sah der Baum aus – aber so stand Erik selbst ja da. Die Ohren langgezogen, Hörner aufgesetzt.

Dieser Regen, dachte Erik, ist mein Glück. Da jagt man nicht mal einen Hund vor die Tür. In dem kahlen Baum hingen stachlige Früchte, paarweise, wie Hoden. Es machte Erik nichts, hier zu stehen wie ein Voyeur. Im Schutz dessen, was er tat, empfand er wieder etwas. Aus anderen Wohnungen im Haus funkelten Lichter, zersprangen im Geäst der Bäume, tanzten in Eriks Kopf, ganz hinten im Gehirn. Er drückte *record*. Auf dem Gehweg schwammen Pfützen wie Augen, silbern und schön.

Noras Detail.

Ihre Idee war es gewesen. Anfangs lag sie steif wie ein Brett im Bett. Er wunderte sich, bis er herausfand, daß sie seine Hand brauchte. Küsse, auch Berührungen an den Brüsten, ließen sie kalt. Nur seine Zunge, ihre Haare, Lippen, seine Zunge, ihr Saft – und dazwischen diese »heute mal wieder besonders rotlila Endivie«, Noras Knöterich, ton chou, mon petit chou. Nora hörte gern, wenn er ihr beschrieb, was er sah, schmeckte, roch.

Er wußte, wie lächerlich er sich machte, und stand dennoch da. Es war klargewesen, daß sie eines Tages gehen würde, aber nicht, daß es so schnell käme. Ihn so mitnähme. Er hatte nicht gewußt, daß auch das Teil des Unterschieds war: Mit 15 hatte Wichsen noch geholfen.

Erik blinzelte. Er hatte sich getäuscht. Noras neue Wohnung war im zweiten Stock rechts. In ihrem Wohnzimmer brannte Licht. Die Kamera flüsterte im Regen. Erik hatte eine Sonnenblende für die Linse gebaut, jetzt diente sie als Regenschutz. Auch das war Teil des Unterschiedes zwischen dem 15- und dem 50jährigen: Planung im voraus und genügend Cash für die Kamera. In trockenen Tüchern: Nora. Bilder von ihr. Erik zoomte, hielt auf das Fenster, das ganze Bild füllte es aus.

Bei einer ihrer Zigaretten danach, sie hatten gerade die Tickets nach Hongkong gekauft und kannten sich stolze 20 Wochen, erklärte sie ihm, daß sie innen nichts spürte. Außen dafür um so mehr. Außen alles, alles auf einmal, alles tausendfach.

– Kannst du dir vorstellen, wie das ist?

Konnte er nicht. Wenn er bei ihr lag, ähnelte er einem Stück glücklicher schwerer Materie. Er kam zur Ruhe, entspannte sich außen; und innen wurde er lebendiger, öffnete sich.

Ein Vogel schüttelte sich in den Ästen über ihm. Die Sonne durchbohrte eine andere Welt. Der Vogel war still. In einer Wohnung über Erik öffnete jemand ein Fenster. Stimmengemurmel. Ein Auto fuhr vorüber. Erik lehnte am Baum. Noras Sofa stand rechts unterm Fenster, von ihm aus gesehen. Und sie – saß dort? Lag? Oder hatte ihren Besucher empfangen wie einmal ihn, als er eben den Schlüssel ins Schloß steckte, sie ihm aber schon öffnete, das Kleid auseinanderschlug, nackt war darunter, und sie trieben es sofort auf dem Teppich im Flur? Das Fenster leuchtete, alles Licht sog es an, es riß Erik fast die Augen heraus.

Er sollte gehen, sofort! Was für ein Triumph es für Nora wäre, zu wissen, daß er da stand. Er spürte ihre Häme als Stich hinauf in den Hals. Zu Hause hatte er einen Altar für sie gebaut, früher, ihr Geschenke hingestellt, Blumen, Süßigkeiten, jetzt sammelte er dort Dreck, alles, was ihm weh tat, ihre Briefe, eine Haarklammer (Nora liebte diese Klammern, je bunter, um so besser – das verdammte Ding roch noch immer nach ihr), und die Filmkassette käme ebenfalls dorthin, wäre er zurück.

Erik hatte eine Reihe von Frauen gehabt. Und war Nora Flora ihm nicht von der Blumenwiese ihrer Jugend fröhlich wie ein junger Hund in den Schoß gesprungen? Er lächelte schief, als er nun wieder daran dachte. So abgegriffen und unglaubwürdig wie dieses Bild hatte sich Noras Verhalten damals für ihn angefühlt. Doch dann schmeckte sie wie Koriander beim Vietnamesen, Basilikum, Aubergine, eine Idee Lakritz von fern, würzig, zitronig-milchig, und es mischte sich in ihr, was sich nicht mischte, nirgends sonst. Nora tat, was Erik gefiel. Das gelbe, knapp überm Knie endende Stretchkleid, unter das gut zwei Hände paßten, trug sie, wann immer er wollte. Für Noras lange Nase, Noras mächtiges kleines Organ, wurde damals in Hongkong »Flügelhorn« ihr Wort. Er spielte es bei ihr, und sie spielte alles bei ihm, das war vielleicht der Unterschied zwischen ihren 27 und seinen 50, und dann, kurz nach ihrer Rückkehr, fiel ihr ein, was ihr noch fehlte.

Beiläufig sagte sie es ihm, als er bei ihr in der Küche saß, sie raspelte Karotten, er sah sie von hinten, die Enden der Schürzenbänder hingen auf ihren prächtigen Po. Einen Stecker in ihre Strombuchse, einen Stecker, der sie an seinen erinnerte, kurzum, einen Nagel wollte sie haben, silbern, mit einer Kugel obenauf, einem Diamanten darin, als Piercing, dort!

– Mein Szepter, du wirst schauen!

– Damit du dran lutschst!

– Damit ich dran reiben kann, wenn du weg bist!

Und er sollte es reinmachen, er.

Die Luft roch nach Kohleheizungen, feuchten Höfen, nach Schnee. Die Bäume hatten noch vor ein paar Wochen kleinste Knollen mit neuen Blättern ausgeschoben auf Vorrat, sich jetzt aber verkrochen in ihren Winterschlaf, der aussah wie ihre Äste, braunes dünnes Gestänge.

Was passierte sonst? Führte eine Frau im Pseudopelz, auf hochhackigen Stiefeln, ihren Pinscher aus? Rutschte jemand, so glatt war es geworden, in der Toreinfahrt fast vom Rad und schimpfte laut? Wie jeder Samstagabend, so war auch dieser voller Erscheinungen: Menschen teilten sich in sich selbst und ihre Sehnsüchte. Sandten ihre halb sichtbaren Abbilder aus. Erik bemerkte sie nicht, Erik sah Noras Gesicht. Sie lachte ihn an, neckte ihn mit seinen runden Backen, flüsterte ihm »Hamster« ins Ohr.

39:25:57 Minuten Filmzeit blieben ihm. Das Fenster, ein großes gelbes Rechteck, leuchtete im Dunkel der Wand, als wäre es Eriks Weihnachtsstern.

Zuerst hatte er den Kopf geschüttelt, er hielt es für eine von Noras spleenigen Ideen, wie in Hongkong, als sie unbedingt nach Kowloon schwimmen wollte, durch drekkiges Hafenwasser, zwischen all den Fähren, und dann, schon neben Erik im Boot, auf englisch verlangte, daß er es für sie tue, als Liebesbeweis, wie hatten die umstehenden Chinesen gelacht, wie hatte Erik sich geschämt über Noras vulgäre Idee. Über die Anspielung auf sein Alter.

Aber diesmal lief es anders. Die kleine Bemerkung beim Kochen blieb alles. Nora schien die Sache vergessen zu haben. Doch Erik saß der Floh im Ohr. Von dort kroch er ins Gehirn, in den Bauch, den Schwanz, er juckte und kitzelte überall – und Erik sah: Die Stadt wimmelte ja nur so von Piercingläden. Er lief daran vorbei, er schlich daran vorbei, er blieb stehen, ging schnell weiter, schämte sich, stand erneut davor. Las nach. Piercen war nicht schwierig. Es ähnelte dem Stechen von Ohrlöchern. Eriks Zuversicht wuchs, oder auch nur seine Lust. Er träumte davon, wie Nora sich wand. Auch die Besitzer von Piercingläden machten es so: kauften eine Stechpistole, Alkohol, Wattebäusche und fingen an. Wenn er daran dachte, prickelte die Schwanzwurzel wie Cola, die er gern mit Nora danach trank, Cola mit Rum, weil er mochte, wie dieser Geschmack sich mit dem mischte, was ihm von ihr auf der Zunge blieb.

In Hongkong, am Abend nach der Überfahrt, war Erik nach dem Sex mit Nora gleich eingeschlafen, doch eine Stunde später wieder aufgewacht. Draußen war es dunkel geworden. Sie hatten ein Zimmer mit Fenster im 32. Stock. Die Stadt war überall, als Licht. Kein Geräusch drang durch die schalldichten Scheiben. Neben dem Bett brannte eine kleine Nachttischlampe. Noras Gesicht sah entspannt aus, sehr weich. Er hatte nicht gewußt, wie zart sie wurde im Schlaf. Später sah er sie oft so an. Doch sein Blick streifte die Farben ihres Gesichtes ja nur, die Feuchtigkeit der Lippen, das zarte Fleisch dort, wo sie atmete. Erik wußte nicht, was sie träumte – sie war so nah, so unberührbar. Zärtlich streckte er die Hand nach ihr aus, und zuckte zurück. Er sah, daß er sie nicht besaß, wollte es aber sehr.

Die Piercingpistole schenkte er ihr zum Geburtstag. Sie juchzte nicht auf, als sie sie auspackte, wog das Ding nur, schaute Erik an. Mit der Pistole noch in der Hand zog sie sich aus, Hose, Strümpfe, den String, mit der Pistole in der Hand legte sie sich vor Erik aufs Bett, er blieb stehen, sie spreizte die Beine, schob sie sich rein. Ihm blies sie einen, er hatte das Gefühl: fast nebenbei. Da heckte sie schon etwas Neues aus, bei der üblichen Zigarette danach:

– Mach's erst in zwei Wochen. Dann hab ich meine Tage gehabt. Und vorher rührst du mich nicht mehr an. Schon gar nicht da unten! Nicht mal mit der Fingerspitze. Und dich selbst auch nicht!

Er schluckte, fand es aufregend, sagte ja.

Aus der Kneipe am Eck kam Jubel, Erik wußte nicht, ob es ein Fußballspiel gab oder Boxen. In Eriks Bauch saß ein Lurch, ein schuppiges Tier, ein Drache, er rollte seine gelben Augen, was komisch aussah, wenn Erik es von außen betrachtete, aber es tat weh, kaum bewegte er sich, die Stacheln des Tiers schrammten ihn auf. Erik sah das Fenster doppelt, oben wirklich und gelb, und unten, im Display vor seinem Bauch, noch einmal wirklich und gelb, nur kleiner. Der Typ lehnte mit dem Rücken gegen die Scheibe, drehte sich leicht zur Seite, für Sekunden blickte Erik auf sein Profil. Er konnte nicht erkennen, ob er nackt war, oben, unten, das konnte Erik nicht sehen. Der Mann unten im Bild bewegte sich schnell, der Mann unten in der Kamera war kein Schatten des Mannes oben, der Mann unten war der Mann oben, nur *en detail*. Erik hamsterte ihn ein.

Zwei Flaschen Cola und eine Rum hatten sie sich neben das Bett gestellt. Langsam rieb Erik Nora zwischen den Beinen mit Alkohol ein. Sie kam. Alkohol öffnete die Poren, oder schloß sie, Erik wußte nicht mehr genau, jedenfalls veränderte er etwas, und Nora zuckte davon, stöhnte jedoch nur leise. »Bin schon mit sooo 'ner Latte aufgewacht, heute morgen«, sagte sie zu ihm und breitete die Arme aus, »als wär ich ein Mann!« Ihre Klitoris war tatsächlich geschwollen und schimmerte bläulich. Er tränkte sie noch einmal mit Alkohol, hielt seine Hand darüber, die Pistole war kalt, Nora erregte auch das. Sie wollte sie haben, außen, innen, dann machst du es, wenn ich es nicht weiß, einfach so. Sie wollte, daß er die Mitte durchschoß, halt dich still, sagte er, und schon davon kam sie erneut. Als ihr Orgasmus abklang, drückte er durch, sie schrie, lustvoll, erschrocken, und er sah, wie das Zucken stockte, umkehrte, als wäre es ein erstauntes Tier, das plötzlich entdeckt, wie es in eine ungeahnte neue Richtung ganz frei laufen kann! Sie schrie, diesmal schrie sie wirklich, biß sich in seinen Arm, und er legte seinen Schwanz zwischen ihre Beine. Den Stecker hatten sie gemeinsam ausgesucht. Es blutete wenig, den Rest saugte Erik aus, dann drückte er ihr Szepter hinein und schraubte es fest.

Nora, süßherber als jede Praline, jeder Trüffel, die beste Speise seines Lebens. Eriks Mund war voll davon, wie sie sich bewegte, er saugte, umspielte, zupfte, jetzt hatte sie einen doppelten Knopf. Wie sie vor Lust hickste und jauchzte, das sprang in sein Herz, seinen Kopf, seine Lenden, überallhin.

– Sollst auch was davon haben, sagte sie grinsend, als sie etwas tranken. Er zog an ihrem Stecker, bis sie seine Hand wegriß, sich runterbeugte, ihn lutschte. Sie klebten vor Schweiß, rutschten aneinander. Eine Hochzeit, dachte Erik, das ist meine Hochzeit. Nora trieb ihn an, trieb ihn zu präziser Lust. Stunden vergingen, niemand zählte sie. Er rubbelte ihren Knopf mit den Zähnen, sie stöhnte bei jeder Bewegung, schrie, als er noch mal Alkohol aufträufelte. Das Ding steckte drin, funkelte, Königin, sagte Erik, und sie sagte: Jetzt hast du mich gezeichnet, jetzt gehöre ich dir.

Von diesem Abend an trug sie den Stecker immer, sie

hatte ihn getragen, als sie ausgezogen war, sie trug ihn jetzt, da oben in ihrem Zimmer, mit diesem Kerl.

Die Platanenäste über Erik schnappten, der neu aufgekommene Wind wehte in ihn hinein. Er schaltete die Kamera aus. Sie surrte leicht, wie ein zahmer Papagei. Er fühlte sich leer. Etwas in ihm war mit den Piercingstunden in Noras Bett zusammengeschmolzen. Immer wieder war er seither so in Nora gelegen, sicher, gehalten, verbunden mit allem bei sich. Und jetzt hatte sie die Macht, die scheußliche unglaubliche Macht, es mitzunehmen, indem sie ihn verließ?

Er war schon ein paar Häuser weit gegangen, mit weichen Knien, lehnte sich an, lief zurück. An gespreizten Armen fühlte er sich aufgehängt, Seile hielten ihn und zerrissen ihn doch fast, sein Janusleben, es drehte ihn hierhin, dorthin. Da konnte er zappeln, soviel er wollte: Er war gespalten in die Zeit nach Nora und die Zeit mit ihr. Er hätte sie nicht missen wollen und fluchte auf sie. Nichts davon nahm Nora mit. Im Gegenteil. Was war er doch für ein Idiot! Nora steckte in ihm. Das war ihr Detail – Noras Geschenk.

Erik fühlte sich naß bis auf die Knochen. 50 Jahre alt hatte er werden müssen, um das zu begreifen. Das Tor zum Hof war nur angelehnt. Ein paar Stufen führten zu einem neu eingebauten Lift und den Briefkästen. Ihr Name stand auf dem äußersten rechts. Mit einem metallischen Scheppern schlug die Kassette auf dem Boden des Kastens auf.

Erik stand wieder auf der Straße. Er wußte nicht, wieviel Zeit vergangen war. Es regnete nicht mehr. Die Welt schien ihm wie eine Blase, dunkel und warm, obwohl der Wind pfiff. Für Sekunden sehnte er sich nach dem Regen zurück. Doch dann ging er los, hinein in ihre fremde riesige Gegenwart.

Zucken und Zwinkern

Kein Datum, keine Anrede, keine Unterschrift. Ein Scherz. Sie wußte, er würde verstehen. Sie wußte nicht, was war schon geschehen, was stand noch aus. Die Relation war scharf und echt. Innen exakt. Es war chemisch, es war physisch. Sie kamen hintereinander her.

Sie setzte den Stift ab. Ein heißer Sommer, geradezu arabisch die Hitze. Das Fenster stand offen. Eigens für sie hatten die Eltern den Speicher ausgebaut. Mit einem kleinen Balkon, so daß sie hinausgehen und in den Garten sehen konnte. Sie stand auf, fächelte sich mit der Karte zu. Um die Schrift zu trocknen, vielleicht, oder um sich zu kühlen. Eine Bewegung, zwei Gründe.

Niemand pflegte den Garten, seit Franz fort war. Trotzdem blühte alles heftig. Noch aus den Jahren zuvor, dachte sie. Kleine Vögel, Spatzen zumeist, schossen in die dichte große Hecke, die vom Nachbarn trennte. Es mußten an die hundert Tiere sein, ununterbrochen kamen welche an, flogen davon, ein ständiges Tschirpen und Flügelschlagen lag in der Luft. Die Vögel schienen sich in der Hecke wohl zu fühlen. Da kam keine Katze hinein, so verwunden war das Gehölz. Wuchs ja auch schon 26 Jahre, so lange sie hier wohnten, dachte sie.

Bruder und Schwester, hintereinander her. Franz saß in seinem Arbeitszimmer, die Füße auf den Schreibtisch gelegt. Er sollte einen Vortrag schreiben für das nächste Managerseminar. Seit einem Jahr arbeitete er für eine amerikanische Unternehmensberatung, die sich in Deutschland etablieren wollte. Er hatte Glück gehabt, war gleich nach dem Studium genommen worden. Noch 14 Tage und dann, für die Augustpause, nach Hause. Das Thema seines Vortrages: Was ist hinter dem Denken, wenn man denkt?

Es läutete. Der Postbote mit einem dicken Brief – von Yvonne. Dazwischen Broschüren, eine Einladung zu einem Empfang. Da rutschte die Karte aus dem Stapel, Bildseite nach unten. Franz' dunkles Haar fiel nach vorn, als er sich bückte. Die Schrift, der Ton, das Schwesterherz. Er las.

Er nahm den Scherz als Scherz und hörte die Aufforderung darin gern mit. Wie sich, was gewesen war, was sie gelernt hatten, was sie nun erlebten, durch Fritzis Kopf wand und daraus wieder hervorkroch, das entsprach ihm genau – eine Fiber, die nur zwischen ihnen schwang.

Dem Postboten kam die Karte unverfänglich vor. Natürlich hatte er sie gelesen. Als er sie einwarf, schaute er kurz auch auf die Vorderseite. In der Mitte ein dunkler, um ihn ein schmaler heller Kreis, den wiederum Dunkelheit umgab. Seltsamer Urlaubsort, dachte er und lachte über den eigenen Witz. Hätte man ihn ertappt und gefragt, was er gesehen hatte, hätte er sich vielleicht geschämt, vielleicht auch nicht. Geantwortet hätte er, über die Vorderseite der Karte: zwei Kreise auf dunklem Grund. Das wäre nicht falsch gewesen. Es wäre gewesen, wie wenn einer, der ein Zwinkern beschreiben will, erklärt: Das Lid zuckte über dem Auge einmal kurz.

Also, sagte sich Franz: Wenn man einen Satz sagt, ist das Denken hinter dem Satz. Man denkt den Satz, danach sagt man ihn. Oder sagt ihn fast gleichzeitig mit dem Denken. So das übliche Modell. Was man denkt, muß man nicht unbedingt sagen. Dafür kann man etwas sagen, was man nicht wirklich denkt. Also lügen. Weil die Verbindung zwischen Denken und Satz lösbar ist, sind Denken und Satz, so das alte Modell, zweierlei. Franz schaute die Karte an.

Jetzt kam der entscheidende Schritt. Das Modell umdrehen. Er fächelte sich Luft zu, strich erneut die dunkle Strähne aus der Stirn. Umdrehen, das hieß annehmen, daß Denken nicht hinter dem Satz steckte, sondern in ihm. Es lief nicht parallel zum Satz wie ein unsichtbares Band hinter der Stirn, während unten der Mund die Worte formulierte oder die Hand sie schrieb, sondern das Band war im Mund, war im Satz, und das Denken mit dem Satz eines. Fritzis Schrift flog auf ihn zu.

Fritzi wandte sich wieder zum Schreibtisch. Blinzelnd – das Licht hatte sie geblendet – sah sie an sich herunter. 26, erste Falten. Referendariat für Französisch und Latein in der Schule, in die sie selbst gegangen war. Und wieder hier bei den Eltern im Haus. Die Vorderseite der Karte zeigte zwei übereinandergelagerte Kreise – aber in Wirklichkeit waren die Kreise Kugeln. Hinten stand, von F zu

F: *Doppelspaltversuch. Ein Experiment, zwei sich ausschließende Ergebnisse. Licht ist Welle und Teilchen. Das ist keine Frage der optischen Täuschung. Du machst einen Versuch, bist selbst darin. Von Welle zu Teilchen: der Gruß.*

Franz trat ans Fenster. Ein Sommer wie in Arabien, wo kam nur diese Hitze her? Wenn man das neue Modell einmal verstanden hatte, überzeugte es. Doch die meisten wollten sich nicht stören lassen in dem, was sie schon wußten und sicher in ihren Köpfen voneinander getrennt hielten. Satz und Denken mußten nicht immer übereinstimmen, das wollte er gar nicht bestreiten. Aber warum die Trennung zum Ausgangspunkt erklären?

Er schüttelte den Kopf, griff nach der Karte. Da hatten die Physiker ihnen etwas voraus. Licht war Welle oder Teilchen, je nachdem, was man erwartete. Licht war, was man sah. Eben, sagte er sich: Es war, was man sah, weil es, während man schaute, das im Schauen Gedachte wurde. So steckte Licht in der Karte und in jedem Versuch.

Doch warum quälte er sich mit diesem Zeug? Er war 25, Geld spielte keine Rolle, er konnte sich in seinen Wagen setzen und einen Ausflug machen. Aus dem nahe gelegenen Freibad kam der übliche Sommerlärm. Yvonne bemühte sich um ihn. Nicht unangenehm. Er strich sich erneut über die Stirn. Die letzte Nacht war kurz gewesen. Die Arbeit drängte, seine Augen schmerzten. Er zwinkerte ein paarmal, um wieder klarer zu sehen.

Bei ihnen war etwas, das zusammengehörte, wie Denken und Satz, in zwei gesprungen. Zwillinge waren sie nicht. Doch gleich beim ersten Eisprung nach ihr war er gezeugt worden. Schneller war nicht möglich. Vorgesehen war es nicht. Wie auch alles andere nicht. Weder von den Eltern noch von der Natur. So heftig hatte der Bruder hinterhergedrängt, sagten die Eltern, daß wohl am Ende etwas von dem Mädchen, das doch kaum herausgekrochen war, auf ihn abfärbte. Was von den Träumen Fritzis im Bauch der Mutter geblieben war, hatte sich auf ihn gelegt. Franz lächelte in sich hinein. Das Rufen der anderen hörte er nicht mehr. Zwischen ihn und die Schwester drang nichts. Da lag Hand auf Hand, es störte keinen von ihnen, daß sie beide schnell schwitzten. Er setzte sich, arbeitete weiter.

Sie aß mit den Eltern zu Abend. Die Vögel schossen noch immer zur Hecke hinein und wieder heraus. Der Vater folgte ihrem Blick:

– Die muß dringend geschnitten werden, sonst ist es hier im Zimmer so früh dunkel.

– Er kommt ja bald!

Die Mutter sagte, was auch Fritzi dachte. Die Hecke war Franz' Aufgabe. Fritzi mußte lächeln. Wie oft hatte sie mit ihm heimlich einen Blick hier am Tisch getauscht, wenn sie beide sahen, wie die Geschichte ihrer Zeugung den Eltern immer noch peinlich war. Weil eine Ungeduld darin steckte, über die man sonst schwieg. Weil die Kinder sich so hintereinander herbewegten.

Fritzi trug mit der Mutter das Geschirr in die Küche. In einer Ecke der Anrichte standen Ampullen, Pipetten, Glasflakons.

– Er kann's also nicht lassen, sagte Fritzi, und die Mutter nickte. Der Vater war pensioniert. Aber die Chemie! Keiner wußte genau, was er da machte oder suchte, auf jeden Fall mischte er lustvoll mit seinen Pulvern herum.

– Was ist denn das? Fritzi hob ein Gefäß mit weißen Kristallen.

– Fixiersalz, sagte die Mutter. Vielleicht streu ich es ihm mal in den Salat, damit er endlich zur Ruhe kommt.

Na immerhin, dachte Fritzi, auf mir hat sich nichts fixiert. Sie glich niemandem in der Familie mit ihrer hellen Haut, dem blonden Haar. Die Geschwisternähe zu Franz sah man ihr nicht an. Das hieß, man sah es erst auf den zweiten Blick. Wenn man hindurchsah durch Haar- und Augenfarbe, die Größe, das Geschlecht. Hinsah auf die Backenknochen, die Halsbiegung, den Lippenschwung. Und die Hände. Seine waren kaum größer als ihre. Wenn sie sie aneinanderlegten, stimmte die Form exakt überein.

Wie wir rannten, dachte Fritzi, rennen mußten, liegenblieben und doch wieder rannten, aufeinander zu, auseinander, immer wieder. Fritzi räumte Besteck in die Spülmaschine und dachte an Silvester. Es hatte immer eine besondere Rolle gespielt. Die Mutter machte Käsefondue. Der Vater mochte es nicht besonders, die Kinder dafür um so mehr. In Nachthemden wurden sie aus dem Bett geholt. In der Küche sitzen und warten. Um zwölf sagten sie ein Gedicht auf. Danach rannten sie durchs Haus, zwei Geister. Die Eltern sagten, nun sitzt doch mal still.

Vor zwei Jahren hatte Franz über Weihnachten und

Neujahr eine Freundin mitgebracht. Es war eine Katastrophe geworden. Die Hecke stand damals bereits ziemlich hoch. Fritzi erinnerte sich, daß sie schon um halb vier im Wohnzimmer hatten Licht anmachen müssen. Die Freundin war eine Zumutung. Die hatte Franz ganz in der Hand. Und ein Aussehen am Leib, das Gegenteil von Fritzi. Schmal war sie angebandelt, die Bruderfreundin, schulterlanges braunes Haar, leicht gelockt, ein feines Gesicht. Musikerin, sagte Franz. Fritzi war das gleich zuwider, sie hätte aus der Haut fahren mögen, wie sie sah, was sie nicht war, wie sie es an der Frau sah und Franz' Augen auf der Frau, die sah sie, und daß sie ihm bis in den Fingerspitzen saß, in jeder Zelle, diese Yvonne, ihrem Franz.

Statt des Fondues gab es Lachs und dann Hühnerfrikassee. Fritzis Rache, dachte Franz. Wie wütend sie ihre Gabel in das Huhn rammte, das eh schon kleingehackt war. Warum ihm das jetzt wieder einfiel? Natürlich sprach an dem Abend niemand darüber, was man anders machte. Und jeder hütete sich, um null Uhr etwa ein Gedicht aufzusagen. Statt dessen spielte Yvonne auf der Querflöte. Franz sah, wie seine Eltern sich darüber freuten, aber die Töne klangen dünn, als schlucke etwas im Raum sie einfach weg, noch bevor sie sich entfalten konnten.

In der Küche waren dann Fritzi und er doch kurz allein, obwohl sie versucht hatten, es zu vermeiden. Denn das war immer das Beste gewesen: nach dem Essen zusammen abspülen. Nur sie beide. Die Eltern blieben im Wohnzimmer. Erst im Jahr zuvor hatten die Geschwister sich nach dem Abwasch noch einen Whisky genehmigt.

Einander in die Augen gesehen. Beiläufig hatte Fritzi Franz' Seidenhemd berührt, als wolle sie den Stoff prüfen. Ihre Bluse war aus demselben Material. Nur der Faltenwurf unterschied sie. Er hatte den Arm ausgestreckt, ihren Ärmel zwischen die Finger genommen und leicht gerieben. Dann ihren Arm.

Franz sah auf die Karte auf seinem Schreibtisch. Zwei Jahre war es her, das Yvonne-Silvester. Da war er Fritzi also doch unabsichtlich in der Küchentür begegnet. Dabei hatten sie die Küche den ganzen Abend über gemieden. Und dann stand sie vor ihm. Der Türrahmen war eng. Er konnte fühlen, daß sie sich mit dem Rücken an das Rahmenholz preßte. Genauso, wie er auf seiner Seite. Sie sah ihn an mit einem Blick, den er nicht mehr vergaß.

Gleich am Neujahrstag war er mit Yvonne abgereist. Den ganzen Sommer blieb er, wo er war. Yvonne studierte in Frankreich, aber nach Hause fahren wollte er auch ohne sie nicht. Jetzt war sie wieder da, und er hatte vor, sie erneut mit zu seinen Eltern zu nehmen. Jetzt im August.

Er würde also noch einmal diese Frau mitbringen. Die Postkarte hatte Fritzi den ganzen Nachmittag in der Hand gedreht. Sich damit einen Zug ins Gesicht gefächelt. So einen Zug um den Mund, der vom Wissen kommt. Und vom Denken von Sätzen hin zu Sätzen, die man denkt und schreibt. Sie hörte die Eltern ins Bett gehen, blieb sitzen. Der Abend war lau, die Vögel ruhig. Damals, vor zwei Jahren, war Franz Hals über Kopf abgereist nach dem Blick in der Küchentür. Sie sah sich wieder dort stehen.

Wie seine Augen aus dem blassen Gesicht hervorgeleuchtet hatten. Die Hecke hatte er damals auch nicht mehr geschnitten. Und den ganzen Sommer über war er nicht gekommen. Der Vater kümmerte sich um nichts im Garten, die Mutter traute sich nicht auf die Leiter. Und sie, Fritzi, ließ die Hecke wachsen. Die Schatten im Wohnzimmer wurden länger und länger. Die Hecke hatte den Teufel im Leib oder was es war. Wucherte und trieb. Man sah ihr an, daß sie nach außen und innen dichter wurde.

Auf der Karte waren Sonne und Mond abgebildet. Zwei Orte. Beweglich wie Münder. Ein verschiebbarer Himmel. Die Hecke wuchs, als der Bruder aus dem Haus war, an den Eltern mächtig vorbei. Dabei waren Verschweigen und Lügen beim Sprechen immer gegebene Möglichkeiten. Wie die Freundin an Franz.

Und dann, als er Weihnachten wieder nach Hause gefahren war, voller Freude und Erregung, allein diesmal, war dieser Typ dagesessen. Im dunklen Wohnzimmer. War an Fritzi drangehangen, dieser Typ, mit seinen Blicken, was schon gereicht hätte, und seinen Händen, was zuviel war. Franz lachte auf. Es war spät, sein Kopf schwirrte. Schönes Modell. Nie konnte man ausschließen, daß es wieder auseinanderklaffte. Sowenig wie den Freund an der Schwester. Das mußte das Modell mitberechnen. Ihre Beziehung war eine wirkliche, kräftige Verfälschung, an die Wahrheit heran. Er legte sich auf die Couch. Legte die Hand auf die Postkarte. Legte Sonne und Mond obenauf. Das eine vor das andere geschoben. Von hinten durchbohrte die Sonne den Mond.

Der letzte Sommer war eine Qual gewesen. Die Hecke wuchs nach dem mißglückten Silvester wie ein … – Fritzi dachte nicht weiter, schlief aber auch nicht ein. Sie sah sich wieder, das lange Nachthemd mit der einen Hand hochgerafft, neben Franz die Treppe hinabschleichen. Vater und Mutter sagten, ihr Geister, seid endlich still. Einen Sommer wie den letzten wollte sie nicht noch mal erleben. Dann war, im Herbst, dieser Mann an der Tür gestanden. Hatte sie angegrinst und gefragt, ob er ihre Hecke schneiden solle. An die Hecke kommt ihr keiner ran, hatte sie gedacht. Doch im Wohnzimmer war es inzwischen ganz schön dunkel. Sie sah den Fremden erstaunt an. Hatte er das bemerkt? Sein Mund gefiel ihr. An die Hecke kommt ihr keiner, sagte sie sich, den sie nicht auch anders nimmt. Das ging ihr da plötzlich auf.

Er wohne seit ein paar Monaten gegenüber, im Dach, und habe bemerkt, daß die Hecke wild wachse. Wahrscheinlich hat er noch mehr gesehen, dachte Fritzi. Und schaute ihn sich ein drittes Mal an. Kurze braune Haare, ziemlich groß und muskulös. Eigentlich studiere er Physik, meinte er, aber das mache er gern, wenn er ihr helfen könne, daß er einmal auf eine Leiter steige und eine Hecke schneide, sozusagen im Realversuch.

Auch sein Lächeln gefiel ihr. Das war jetzt selten bei ihr. Sie lachte zurück, nahm ihn ins Wohnzimmer mit.

Am Samstag morgen waren dann die Eltern mit erstaunten Gesichtern im Garten gestanden. Die Sonne hell, die Hecke voll aufgeregt tschirpender Vögel. Fritzi sah von ihrem Balkon aus zu. Das vertraute Klipp-Klapp der

Schere schien die Eltern vorzeitig aus dem Samstagsbett geholt zu haben. Aber sie waren aufgeschlossen. Akzeptierten Steffen sofort, als er von der Leiter herunterwinkte, ein paar dicke Heckentriebe in der Hand: Ich schneid sie ganz gleichmäßig, keine Sorge. Dann haben Sie wieder Licht.

Fritzi hatte den Eltern ebenfalls zugewunken. Ein nicht vollkommen unbedeutender Tag. Und am Nachmittag tatsächlich Licht im Wohnzimmer. Es blieb. So daß selbst noch der Dezember, jeden Tag für ein paar Stunden, die Eltern anmutete wie ein halber Frühling. Und da stand ja endlich auch Franz' Besuch ins Haus.

Fritzi las. In der Ethnologie versuchte man sich seit einiger Zeit in dichten Beschreibungen. Unverständliche Bräuche waren nicht wirklich verschlossen, wenn man begriff, daß eine Bewegung mehr sein konnte als eine Bewegung. Das lag nahe. Sie las. Unter dem Lesen lag das Warten auf Franz. Sie las: Wenn einer mit dem Lid schlägt und man das nur Zucken nennt, ist das eine dünne Beschreibung. Es kann auch ein Zwinkern sein. Das Zucken steckt nicht unter dem Zwinkern, das Zwinkern nicht unter dem Zucken.

Das eine erschien im anderen. Durch verschärftes Hinsehen kam man dem nicht auf die Spur. Da sah man immer nur: eine Bewegung. Eine Bewegung, zwei Bedeutungen. Fritzi verstand.

Da war er eigens zu Silvester allein nach Hause gefahren, und wozu? Im Wohnzimmer war es hell wie schon lange nicht mehr. Fritzi schien es gutzugehen. Diesmal vermieden sie die Küche erfolgreich. Er reiste nämlich noch am 30. ab. Das zweite mißlungene Silvester. Er erzählte den Eltern, daß er mit Freunden zu einer Neujahrsparty wolle. Die Party war steffeninduziert. Im Frühling wurde die Hecke wieder geschnitten. Jeden vierten Samstag. So ein Freund an der Schwester. Nach Freitag nacht. Aber es dauerte nicht mehr lange.

Am Ende war es der Vater, der Steffen am meisten nachtrauerte, weil er sich bei ihm Anregungen für seine Experimente hatte holen können. Bestimmt kam auch das Fixiersalz noch daher, dachte Fritzi. Im April hatte Steffen mit dem Schneiden der Hecke, die nach oben schoß, als entdecke sie jedes Frühjahr den Himmel neu, wieder angefangen. Und sich Anfang Mai beim blinden Herabbalancieren von der Leiter den Fuß verstaucht. Er konnte nicht mehr kommen, hieß das. Fritzi besuchte ihn. Es war nichts Schlimmes, nur langwierig. Die Hecke wuchs begeistert, befreit. Und der Freund wuchs aus Fritzi heraus. Sie sahen sich immer weniger. Inzwischen mußte er wieder gesund sein, kam aber nicht mehr ins Haus.

Zucken und Zwinkern, dachte Fritzi. Zwinkern war Zucken und etwas hinzu. Jetzt waren sie da, Franz und Yvonne. Seit ein paar Tagen schon. Diesmal tat Fritzi nichts, sie ließ die Freundin reden, wie hieß sie doch, wirklich, Yvonne? Pseudosonne, dachte Fritzi. Im Wohnzimmer herrschte der alte, dichte Sommerzustand.

Da zeigte sich: Diese Freundin war etwas, was sich von selbst abschaffte. Wie sie dasaß und von ihrer Musik sprach, die sie verkaufte. Was für Flöt-Backen sie hatte.

Die mitgebrachten Austern schlürfte sie laut. *Thick* war sie – dumm –, in den dünnen Beschreibungen, zu denen allein es langte bei ihr.

Fritzi sah Franz an, wie er auf Yvonne sah. Der Bruder hatte etwas an sich, das zu Yvonne paßte. Eine Spur von Exquisität, etwas Verfeinertes, das Fritzi nicht mochte, Franz aber um so mehr. Dann schmierte er sich Schaumfestiger ins Haar und griff nach der Pflegeserie für den neuen sensiblen Mann. Seit gestern ließ er es.

– Bei euch kommt ja kaum Licht durch, meinte Yvonne. Doch das ging sie nichts an, darüber brauchte es nicht einmal einen Blick zwischen Bruder und Schwester. Spitz und scharf wurden sie gleich, als ginge es mit der Helligkeit um Härte und Notwehr. So schossen sie im Nu zusammen zu einem Gespann, daß Yvonne nicht mehr wußte, wo ihr der Kopf stand. Fritzi war froh. Das kaufte sie der Freundin noch ab, den Schneid allemal, und den Bruder löste sie wieder aus. Es ging wie geschmiert.

– Les jeux sont faits, sagte Franz.

– Hinten und vorn stehen Wörter auf der Karte, gab Fritzi Yvonne zur Antwort. Und Franz lachte: Das Licht wandert eben durch Begriffe als Doppelspalt. Einmal ist es hier, einmal da.

– Noch ein Teilchen? fragte Fritzi Yvonne über den Kaffeetisch hinweg.

Und Franz, mit Grübchen: Ich ziehe die Donauwellen hier vor. Hast nicht du die gemacht, Schwesterchen?

Das Gespräch ging aus dem Effeff. Fritzi spürte, wie der Bruder ihr antwortete, spürte, wie etwas zwischen ihnen floß. Später, in der Küche, sah sie ihn nur kurz an. In dem Gefäß auf dem Tisch knisterte es.

– Was ist das? fragt er neugierig.

– Bis eben: unterkühlte Schmelze. So sagt zumindest Vater dazu. Aber jetzt habe ich ein Salzkorn hineingeworfen.

Fritzis Lachen dazu war hintergründig genug.

– … dann flockt die Masse im Glas aus, erhitzt sich blitzschnell und wird auf den Satz fest.

Franz erinnerte sich.

Zurück am Tisch, fragte Fritzi ihren Bruder nach seinem Vortrag. Yvonne meinte, das Denken sei im Satz und kein Band hinter der Stirn. Fritzi und Franz zwinkerten sich zu. Genau. Damit die Beschreibung dünn ausfiel, sagte Fritzi:

– Die Hecke ist wirklich ziemlich gewachsen. Aber das können wir morgen angehen. Heute abend, Yvonne, weißt du, will ich mit Franz ins Kino. Es ist der einzige Tag, an dem es geht, der Film wird nicht oft gezeigt. Wir wollten ihn schon lange noch einmal sehen.

– Welchen Film? fragte Yvonne.

– Mythen, sagte Fritzi, Liebe und ’ne Menge Deko.

– Mit technischen Effekten, sagte Franz.

– Und Romantik, sagte Fritzi.

Na, da wollte Yvonne natürlich mit. Ist doch gut, bei dieser Hitze, um sich abzukühlen!

Lachend beugten Fritzi und Franz sich über ihre Teller. Wie Yvonne so ausgeprägt alles mitbekam. Aber Franz schwankte dann doch, sie war schließlich – Yvonne.

– Wir können ja sehen, sagte er.

Fritzi sagte: Aber denk doch nur mal an diese Liebesszene in der Kutsche, unten im Frachtdeck. Das mag Yvonne bestimmt nicht.

Im Zucken am Auge ist ein Zwinkern, das erkennen nur sie. Von einem beweglichen Ort zu einem anderen. Effeff, eine Abkürzung für sehr fein. Niemand kam dazwischen. Für Yvonne waren die Sätze von Fritzi auch so schon freundlich genug, um länger daran zu kauen. Oder lag es doch nur an den Austern? Yvonne legte sich ins Bett, rannte aufs Klo, legte sich ins Bett, rannte, blieb liegen. Mit ins Kino konnte sie so nicht, also sagte sie, daß sie sowieso nicht wollte.

Franz kam die Treppe herunter. Fritzi stand unten, sah ihn an. Das Abendlicht fadelte durch sein Haar. Dunkel, der Bruder. Sie vor ihm, hell. Die Hände hielten sich. Man merkte es ihnen nicht an, das Geschwisterhafte. Was außen nicht erschien, steckte innen um so stärker. Es stülpte sich um.

Er hatte Parfum auf der Haut, mehr als sie. Sie ein enges Kleid am Körper. Das saß. Sein Haar fiel nach vorn, das Gel hatte er weggelassen. Ihr Haar leuchtete, so blond und rot war alles an diesem Abend. Kaum jemand saß im Kino. Der Film dauerte Stunden. Fritzi hatte eine Stange Mon Chéri mitgebracht. Die Musik war pathetisch, fast wie Wagner, nein, besser. Pathetisch, romantisch, deutlich. Die Stiefel der Heldin etwa. Wie sie sie auszog. Wie der Held sie auszog. Also: seine Stiefel. Fritzi hielt Franz' Hand. Franz berührte ihren Schenkel.

In der U-Bahn auf der Heimfahrt wirkte Franz nachdenklich. Fritzis Haut wirkte weiß im künstlichen Licht. Franz schaute, während sie fuhren, in das Glas der Tür. Da stand er noch einmal, die Schwester neben sich. Ein wenig verschwommen, abgedunkelt. Natürlich dachte er an Yvonne. Das letzte Mon Chéri lehnte er ab. Er wollte das alles nicht, zu süß. Fritzi ging ein paar Schritte weg. Als er wieder in die Türscheibe schaute, erschrak er: Es war ja ihr Blick, mit dem er auf sich sah.

Das Haus stand dunkel. Franz ging in die Küche, allein. Seiner Schwester machte er Tee, für sich nahm er ein Sprite. Franz wußte nicht, was los war mit ihm. Er fühlte sich unwohl, mürrisch. Vielleicht, weil er so lange schon nicht mehr dagewesen war, im Sommer.

Die Hände glitten auseinander. Gute Nacht, sagte er barsch. Stapfte die Treppe hinauf. Statt zu Yvonne zu gehen – die brauchte bestimmt Ruhe –, setzte er sich in seinem alten Zimmer aufs Bett. Sein Mund war trocken, das Sprite half nicht. Er schaltete das Radio an. Die üblichen innenpolitischen Querelen, Bahnstreik in Frankreich, Staatsaffäre in Österreich, eine Sonnenfinsternis im Vorderen Orient, nicht sichtbar in Deutschland, zu heiß für die Jahreszeit. Nachrichten, die ihn nichts angingen. Glaubte er und drehte wieder ab.

Als Fritzi die Tür zu seinem Zimmer öffnet, liegt er mit dem Gesicht nach unten auf dem Teppich vor dem Bett. Er wußte, daß sie kommen würde. So wie eben gingen sie nicht auseinander. Die Arme hat er zur Seite gestreckt. Sie weiß, daß er weint. Wie gekreuzigt liegt er da; angeschmiegt zugleich. Sie weiß, daß er weint wie sie, und daß er erregt ist, weiß sie ebenfalls, von sich. Sie setzt sich neben ihn. Malt ihm mit einer Fingerspitze zwei Kreise auf den Rükken. Kleiner und größer und ineinander. Ihre Hände gleiten zusammen. Was geschieht, will nicht mehr abweichen. Ihr weißer Schlafanzug schimmert. Ihre Haut noch weißer darunter. Sie sieht ihn an, wie er da liegt. Es ist dunkel. Der Mond am Himmel scheint schwach. Sie haben ihn hier, im Zimmer. Franz dreht sich langsam zu ihr, zieht sie in seine Arme. Sein Nabel schwimmt in seinem Bauch als Mond, ihr blonder Kopf wird die Sonne dazu. Das Haar steht ihm ab unter ihrer Hand, groß wird sein Kopf, deckt sie zu. Die Finger, mit denen er sie berührt, kriechen ihr von den Zehen, wo er anfängt, Wirbel für Wirbel den Rücken hinauf bis zum Spüren. Das ist innen und außen – wie sie sich krümmt, und er an ihr, in ihr, der sie umschließende Bruder, da ist er, er.

Früh am Morgen geht Fritzi aus dem Haus. Gerade geht sie, und nichts ist verstohlen an ihr. Mit einem kleinen Paket kommt sie aus der Apotheke zurück. Seinen Inhalt streut sie bei der Hecke aus.

Und wie sie rannten, rennen mußten, liegenblieben und doch wieder liefen, aufeinander zu, auseinander, wie sie ineinanderlagen, die ganze Nacht. Das ist noch in der Hand, mit der sie streut. Zucken und Zwinkern, dicht.

Die Hecke wuchs weiter, den Sommer hindurch. Mehrfach zogen Mond und Sonne darüber hinweg. Dann starb sie langsam, ächzend, mit Widerwillen. Wand und krümmte sich. Da waren die Geschwister längst über alle

Berge. So sagte man von ihnen. Auf dem Küchentisch lag eine Postkarte. Datum, Anrede, Unterschrift. Auf der Bildseite schoben sich Mond und Sonne übereinander. Partielle Sonnenfinsternis in Nordafrika stand hinten gedruckt über der Handschrift. Sie ist für die Eltern, die Karte. Ist physikalisch und spricht davon, wie man selbst Welle und Teilchen ist, bei dem, was man sieht – in allem, was man tut.

Der Jodler

Häßlich, daß es knallte.

Häßlicher als die Nacht, häßlich, daß es schon fast wieder angenehm war, stand er auf dem Berner Bahnhof, neben Stöcki, ihrem alten Freund, und bekam kaum ein Wort heraus – er, mit der schiefen Nase und den abstehenden Ohren in einem Gesicht, in dem alles zu schwimmen schien, noch auf der Suche nach dem rechten Platz, ja, so häßlich, daß es schon fast wieder schön war, genau wie der Satz, den er sagte, als Jana sich die Trittstufen in den Zug hochschwang, hinein in das enge, von grünem Metall umschlossene Einstiegsloch der SBB. Koffer, Taschen, Beine und das Hinterrad eines Mountainbikes quollen ihr entgegen, ganz wie das Sprachengewirr, dessen Rachenlaute samt und sonders auffällig kehlig klangen, und dazwischen noch einmal seine Stimme, ganz anders als sein Gesicht, angenehm und klar:

Je intelligenter sie sind, um so mehr zerstören sie!

Jana wußte nicht, ob Heimo das zu Stöcki oder noch zu ihr gesagt hatte, mit einem lauten zpsch, gefolgt von einem schmatzenden klck, riegelte sich die Waggontür ein, und sie ruckelten los wie in alten Zeiten, stockend, als könne die Lok kaum glauben, was sie diesmal alles nach

Zürich ziehen sollte. Es war unerträglich heiß und stickig, Jana stand an die Tür gequetscht, und in ihrem Kopf kreiselte Heimos letzter Satz wie eine kaputte CD, die hängenblieb auf einem bestimmten, jaulenden Ton. Im Land von Käse und Loch durften am Muttertag alle Mütter gratis Zug fahren. Eigentlich nur um die Spalte des Rütlischwurs, aber da diese Gegend so gut wie die gesamte Schweiz abdeckte, war jeder Zug proppenvoll. »Je intelligenter sie sind, um so mehr zerstören sie.« Heimo hatte, als er die aus den Türen und Fenstern quellenden Körperteile sah, auf dem Absatz kehrtgemacht und Jana allein fahren lassen, bepackt mit der erstaunlich hartnäckigen Erinnerung an sein unruhiges, scherbiges Gesicht. Häßlich, daß es knallte. Jana ärgerte sich, daß sie bereits eine Fahrkarte besaß, wie wollten die das mit der Mutterschaft kontrollieren (etwa »Zeigen Sie Ihre Schwangerschaftsstreifen!«), zudem kam durch das Gequetsche aus Kindern, Fahrrädern und Rucksäcken eh kein Kontrolleur hindurch.

Stöcki mußte ihre Adresse weitergegeben haben, Stöcki mit den neonbunten Shirts auf der gutgebräunten Haut, Stöcki, dieser Molch, der schon immer etwas gegen Janas Mann hatte. Heimo jedenfalls, seines Zeichens feldforschender Biologe, schrieb schon am nächsten Tag. Tropenvögel finde er wunderbar, dann am liebsten gleich rosafarbene Flamingos, kitschig wie Zürcher Luxemburgerli. Den Origamikranich, zu dem sie sich im Zug zusammengefaltet habe, hätte er aber auch gern mal von näher betrachtet. Jana lachte über diese Anspielung auf ihren langen Hals, dessen Sehnen kräftig heraustraten und die Haut an der Kehle spannten wie einen Spiegel. Das war ihm also aufgefallen. Sie schrieb zurück und nahm sich vor, diesmal cool zu bleiben. Diesmal würde sie sich nehmen, was sie brauchte.

Jana stellte das rechte Bein auf den Wannenrand und schäumte sorgfältig den Unterschenkel ein. Das Kind mußte ja noch lange nicht häßlich werden, weil Heimo es war. Sauber setzte Jana den Einmalrasierer an. Sein sanftes Schaben beruhigte sie, Jana lächelte sogar, dabei war ihr anders zumute. Seit zwei Jahren versuchten Matze und sie es. Jana betrachtete das eine, fertig rasierte, und das andere, stoppelig haarige Bein. Sie heulte längst nicht mehr. Als Frau bist du ohne Pragmatismus verloren. Einer ihrer Sprüche. Nicht aus der Werbung, sondern selbst erfunden. Die Beine sahen auch aus, als gehörten sie nicht zusammen.

Sie spürte seine heiße, kaum feuchte Zunge auf ihrer Wade. Von hinten hatte er sich angeschlichen. Wütend fuhr Jana herum, stieß ein ke aus, zog die Stimme hoch im abschließenden ops. Er zuckte zusammen und machte einen Schritt zurück. Dabei schaute er sie vorwurfsvoll an.

Blödes Vieh. Sie legte ein zweites, diesmal eher mahnendes »Cheops!« nach. Wenigstens zum Schimpfen war dieser idiotische Name gut. Und: Sie durchschaute ihn. Er schleckte sie nicht ab, weil er sie mochte, sondern weil er wild war auf Creme. Von Penaten zur Body Lotion von Armani – Creme liebte er. Idiotisches Vieh! Matze hatte ihn gewollt, unbedingt, war beharrlich gewesen, hatte an Jana hingeredet, sogar gebettelt, bis sie sich hatte breitschlagen lassen. Seine Wochenenden verbrachte Matze nun vornehmlich mit dem Hund, aber das hieß auch, daß sie beide mehr Ausflüge machten als früher, und Jana freute sich sogar daran, wenn sie sah, wie Matze aufblühte, wenn das Tier nach 20 vergeblichen Versuchen endlich das weggeschleuderte Stöckchen apportierte. Doch sie war es, die Cheops während der Woche tagsüber allein am Hals hatte! Jana arbeitete in der Wohnung, das Zimmer neben der Küche war ihre Werkstatt, ihre Lampen und Brenner, Zangen, Pinzetten und Lupen warteten dort auf sie. Wenn sie an einem Ring oder Halsband saß, brauchte sie absolute Ruhe. Cheops hatte das erstaunlich schnell begriffen, er schlief dann, zusammengeringelt wie ein Fuchs in seinem Bau, auf einer Decke an Janas Tür. Vor mehr als drei Jahren hatte Matze die Anzeige im Internet entdeckt: »Basenjis, 12 Wochen alt, direkt vom Züchter.« Da gab es kein Halten mehr. 2000 Jahre alte Hunde, eine Rasse aus Vorderägypten, rief Matze, auf Steinzeichnungen zu sehen, umtanzt von Hieroglyphen, hübsch und geheimnisvoll. Der Preis für das Tier war dann weniger geheimnisvoll gewesen als einfach nur hoch, doch nun besaßen sie einen Hund mit wahnsinnigem Stammbaum, quasi die ganzen 2000 Jahre zurück, was allerdings die Intelligenz des Tieres nicht unbedingt förderte. Cheops nämlich schleckte schon wieder, und Jana wußte, was allein ihn davon abhalten würde: streicheln oder ein Leckerli. Sie lachte ihn aus und schäumte ihr zweites Bein ein.

Cheops, dieser Sisyphos! Auch das männliche Geschlecht war eben ohne Pragmatismus verloren. Sie alle hatten mit 15 diese Camus-Phase durchlebt, nachmittags Camus und abends T. Haribo Gottschalk auf B3. Jana hätte, an Sisyphos' Stelle, eine Maschine gebaut, den Berg hinauf. Der Weg war das Ziel, so hieß es damals, doch jetzt war das Ziel das Ziel. Ein Kind, mit irgendwem. Janas Hand strich mit Rasierer Nummer zwei in regelmäßigen Zügen von unten nach oben, gegen die Wachstumsrichtung der Haare. Romantische Ideen über die »Liebe« belächelte sie längst. Romantische Ideen waren erfunden, auf daß die Maschine Zeit sie einsog und zerkaute. Das machte wenigstens lustige Geräusche, wie das Einziehen von Nudeln in den Mund. Oder wie die Zunge des Hundes, die über Janas nasse Hand fuhr, kleben blieb, sich löste, wiederkam. Sie streichelte ihn ja doch, aber nur ganz kurz.

Auch Matze hatte nicht gewußt, daß Rüden sich stets den Frauen der Familie besonders eng anschlossen. Lockgerüche lagen in Menschen- und Hundewelt offensichtlich nah beisammen, die hormonellen Unterschiede schienen minimal. Und wenn es darum ging, wußte Cheops Bescheid!

Um das Geld, das er gekostet hatte, wieder reinzukriegen und weil der Züchter ihnen ins Gewissen redete – Verantwortung bei so einem seltenen Hund, einem derartigen Prachtexemplar – und am Ende auch, weil es Matze Spaß machte, war er mit Cheops, kaum hatte der das Junghundalter erreicht, auf Zuchtschauen gegangen. Noch vor den ersten Preisen kamen die Angebote, seither strichen sie fast jeden Monat eine Stange Geld für einen von Cheops' Deckakten ein. Sein Fell schimmerte rötlich und gelb, die Ohren standen wie kleine Pyramiden, wenn er eine Hündin sah, und schon tat er sich und seinem Herrchen alle Ehre an. Wenn es donnerte, versuchte er, auf Janas Schoß zu springen, doch beim Decken ging er ran wie ein Skilehrer, scharfe Kurve, Standbein, Spielbein, rein. Er hatte schon mindestens 200 Söhne und Töchter, trieb es lustvoll und bekam auch noch Geld dafür. Manchmal, wenn Jana unter Matze lag, fand sie das ungerecht, schließlich machte auch sie gute Miene zu einem irgendwie erloschenen Spiel. Matzes Spermien waren Müll! Kleckse ohne Kerne, Sisyphosse, die den Berg raufrannten, immer rauf, doch ohne Stein. Seit Jana das wußte, fühlte Sex mit Matze sich lasch an, selbst wenn der sich besonders ins Zeug legte. Doch das Risiko, daß etwas passierte, fehlte. Diese Drohung, zugleich ein Versprechen, hatte, als sie noch verhüteten, den Kitzel erhöht. Jetzt war der Kitzel fort, fort der Spaß, weil etwas passieren sollte, aber nicht konnte.

Kastanienblüten trieben in Böen durch die weiten Straßen, als Jana losfuhr. Sie roch gut, und das Datum stimmte auch. Wenn Matze wollte, konnte er ja einen Vaterschaftstest machen lassen, heutzutage war es praktisch unmöglich, Männer da noch groß zu betrügen, Jana brauchte also kein schlechtes Gewissen zu haben. Sie war moralisch erzogen worden, in einer Zeit, in der es bereits angesagt war, daß jeder mit jedem ins Bett ging. Cheops nieste. Jana lächelte sich im Innenspiegel aufmunternd zu: Sie dachte gar nicht daran, sich damit abzufinden, daß die sogenannte Natur sie am Schlafittchen hielt! Ihr die Biopistole auf die Brust setzte. Im Rückspiegel erschien Cheops' schwarzglänzende Schnauze, die rosafarbene Zungenspitze schleckte, die Nase witterte, und schon tauchte der Kopf wieder ab. Er suchte Krümel, die er fast so gern fraß wie Creme.

Gut, sie war keine 30 mehr, auch keine 35. Aber immer noch schön, auch ohne Make-up, ohne Goldgel im Dekolleté und Kampfrot auf den Zehen. Männer drehten sich nach ihr um, na gut, das war vor zehn Jahren gewesen, aber auch jetzt klappte es manchmal noch. Wirklich, sie brauchte keine Eiswürfel an den Brustwarzen, damit man etwas von ihnen sah! Einer wie Heimo konnte froh sein, wenn er sie bekam. Die Durchfahrt unter der Quadriga – nackter Busen Richtung Ost – war gesperrt, nur Werbung leuchtete: The World is getting closer. Jana trat aufs Gas.

Als sie endlich in der Nähe des Hotels einen Parkplatz gefunden hatte, sprang Cheops, statt aus dem Auto heraus, auf die Hutablage und versuchte, sich dort zu verkriechen. Sie mußte ihn mitnehmen, allein gelassen im Auto biß er die Sicherheitsgurte an. Jetzt fürchtete er sich vor der vorbeirumpelnden Straßenbahn. Gottergeben zuckte Jana mit den Schultern und wartete. Vielleicht reagierte er so empfindlich bei jedem Geräusch, weil er selbst keines machen konnte? Basenjis bellten nicht, sie hatten, bei allen hündischen Eigenschaften, etwas Katzenhaftes, erklommen mühelos Bäume, waren wendig und schnell.

Wenn sie sich aufregten, jodelten sie statt zu bellen, so stand es in Büchern, aber bei Cheops preßte sich bestenfalls das Fauchen eines Minikaters aus der Brust, mit dem er etwa Matze begrüßte, wenn der abends nach Hause kam. Dann hing er für eine Stunde an Matzes Fersen, als erkenne er in diesen 1,90 Metern Menschenfleisch mit blondem Haarkranz sein ausgelagertes Ich, fauchte allerdings erneut, wenn Matze versuchte, Jana zu küssen. Aber diesmal, dachte Jana! Und warf, einen noch immer verschüchterten Hund an der Leine, die Fahrertür ins Schloß. Diesmal würde sie sich holen, was sie brauchte, sich nicht hineinziehen lassen in irgendeine Geschichte, auch wenn ihr Körper von jeher Sex mit Gefühlen verbunden hatte, gerade so, als schlage jeder, der sie da innen berührte, einen Gong an, und der vibrierte nach, auch wenn sie seinen Ton schon lange nicht mehr hören wollte. Gefühle, zischte Jana, dieses Gekullere von Träumen – wie angestochene Pfirsiche in zuviel Sekt. Sie stand an der Tür des Hotels. Der Fernsehturm schimmerte wie ein glattgeschmirgelter Plastikhai, senkrecht gestellt; er warf seinen dünnen präzisen Schatten, als wäre er die letzte analoge Uhr der Stadt.

Alles bewegte sich, selbst Cheops zerrte an der Leine, nur Jana stand für einen Augenblick festgewurzelt, als sei ihr Wille wie ein Dschinn in die Erde gesaust und fetze nun wild in verschiedenste Richtungen davon. Sie wußte nicht, was dazugehörte, um zu zeugen, wußte nicht, ob sie dazu Zugang hatte oder etwas in ihr vielleicht schon vertrocknet war; das quälte sie.

Dritter Stock. Der Flur, hochflorig gepolstert, schluckte alle Geräusche. Sie mußte durch zwei gläserne Feuertüren, über die Wände wucherten Reproduktionen von Warhol-Gemälden. Es war viel billiger, sich selbst jemanden auszusuchen und Spaßsex zu haben, als mit den kranken Spermien von Matze in eine Klinik zu gehen. Heimo hatte ein Nichtraucherzimmer genommen. Jana registrierte alles, sie war hellwach. Nichtraucher hatten besseren Samen. Jana schluckte, strich sich über den Rock und klopfte.

Als Heimo die Tür öffnete, schoß Cheops wie ein Pfeil ins Zimmer, das dunkel schien im Vergleich zu dem hellerleuchteten Flur. Heimo griff nach Janas Hand, zog sie zu sich und schloß die Tür. Zum ersten Mal roch sie ihn, Moschus und Gras, etwas Zimt? Er war alles andere als schüchtern. Einen Augenblick lang wurde Janas Hals ganz eng, vor Enttäuschung. Isoliert in seiner Häßlichkeit, so hatte sie sich Heimo vorgestellt, eine Art Erotikkrüppel, hatte sie gedacht. Und nun: Der ging ja richtig zur Sache. Sie war froh, die Hände frei zu haben.

Am Bett brannte eine Nachttischlampe, durch die Leinenjalousien drang etwas Tageslicht. Die Hotelmöbel nahm Jana kaum wahr, rechts am Eingang stand wohl eine Kommode, darauf der Fernseher, daran erinnerte sie sich später, ansonsten war da nur das breite Bett, weiß bezogen, nicht zu weich, nicht zu hart. Sie lagen, noch in Kleidern, quer darüber, Heimo halb neben, halb über Jana. Ihr Hals öffnete sich wieder, vor Erleichterung: Er war noch genauso häßlich wie vor ein paar Wochen in Bern. Sein Gesicht schien zwar gebräunt; Bartstoppeln allerdings erhöhten die Unruhe. Die Augen standen zu eng zusammen – doch weiter kam Jana nicht. Sie fühlte die Stoppeln auf ihren Schultern; es erregte sie, wie er den Kopf zwischen ihre Brüste drückte, ihre Achseln fand, sie leckte, als habe er gerochen, wie sie es haben wollte. Nur als Cheops sich mit einem seufzenden Jaulen vor die Tür zum Bad legte, schaute Jana noch einmal auf.

– Hast du da 'ne Packung Frischfleisch drin?

Heimo lachte, griff nach der Pfingstrose, die neben dem Bett in einer Vase stand, und warf sie Cheops hin.

Zu Jana sagte er mit rauher Stimme: Komm her, komm.

Sein Körper war weiß, aber trainiert. Kurz schämte Jana sich ihres Pos. Er hing; unter jeder Backe eine Falte, birnenförmig früher, jetzt das, aber wenigstens war alles andere gut in Form. Zudem war sie schließlich kein Deckhund wie Cheops und brauchte keine Punkte einzuheimsen – im Gegenteil: Pures Glück war sie für Heimo, ein Glück, das er nicht einmal erfaßte, so groß war es. Er durfte seine Spermien weitergeben und würde nichts für das Ergebnis bezahlen müssen. Sie schaute ihn noch einmal an, genoß das Schiefrutschende seines Gesichtes und ließ sich in den Spalt sinken zwischen dem, was sie sah, und dem, was sie fühlte und roch. Bett, Waschmittel, Hotelholz, sein Schweiß, seine Achseln, der Duft seiner Haut. Wie angenehm: Sie wußte nichts von ihm, brauchte nichts von ihm zu wissen. Als sie die Augen schloß, wurde ihr Körper lang, naß und hell, das Angesaugtwerden kam, sie – in die Länge gezogen, ausgelegt wie ein Spinngewebe, durchdrungen – zerriß.

Cheops, die Augen zu einem Schielen verdreht, das ihn halb wahnsinnig wirken ließ, zerlegte die Pfingstrose, biß und genoß, erstöberte und durchschnüfffelte, was sie war. Jana sah es, als sie sich wieder aufsetzte. Wie dunkelrote Federn trieben die zerpflückten Blätter, etwas traurig vielleicht, aber schön arrangiert, auf dem Meer des hellblauen Velours.

Seufzend sackte Jana zurück. Eine kleine Pfütze Schweiß schwamm auf ihrem Bauch. Heimo war aus dem Bett gesprungen, nackt stand er im Flur und packte den Hund, der noch immer vorm Badezimmer lag, an beiden Hinterläufen. Kopfüber pendelte Cheops in der Luft. Er schaute verdutzt, so ging man nicht mit ihm um. Jana lachte hell auf, etwas zu laut vielleicht, als ärgere sie sich, wolle es aber nicht verraten. Doch Cheops knurrte nicht, nein, er schien sogar zu lächeln. Als Heimo ihn losließ, sprang er an ihm hoch und bettelte um ein zweites Mal, aber Heimo verschwand im Bad. Jana strich sich über den Hals und schaute schnell in den Spiegel an der Wand: kein Fleck.

Ein paar Enten zogen den Flußarm hinab, das Wasser dümpelte schlickigbraun. Bei jedem Windstoß knatterte der große weiße Sonnenschirm, unter dem sie saßen, als spucke er gleich Schrotkörner aus. Jana lehnte sich zur Seite, die Beine – zum ersten Mal in diesem Jahr ohne Strümpfe – neben dem Tischbein nach außen gestreckt. Als rosa Inseln schwammen ihre Knie in der Sonne. Heimos Gesicht sah in diesem Licht fast durchsichtig aus, wie warmer Marmor. Alle Energie schien in seine Hände zu fließen, schöne, gerade Hände, die zugreifen konnten, Jana fühlte es ja noch. Und das verschwendete er also auf diese Viecher, Raben, seit mindestens einer Viertelstunde erzählte er von ihnen.

Es war ein Fehler, ja, schon jetzt war es ein Fehler, noch mit ihm auf dieser Terrasse essen zu gehen – nur gut, daß er wieder in die Schweiz verschwinden würde –, aber er hatte sie aus seinen Augen so unverschämt angeblitzt, »erlaubt der Göttergatte das nicht?« (»Göttergatte« – das hatte er bestimmt auch von Stöcki), da mußte sie ja sagen und war eigentlich auch froh um den Grund, denn nachher wollte sie noch mal hochgehen mit ihm.

– … sogar ein silbernes Milchkännchen stand auf dem Tisch! Heimo schlug sich an den Kopf. Am Morgen hatte er einen Mann besucht, der einen Raben in seiner Wohnung hielt. Wegbleiben, abschwirren, dachte Jana, aber sie blieb sitzen. Cheops lag in der Sonne, total erschöpft. Sein Gaumen, vor allem an den breiten hinteren Zähnen, war geriffelt wie ein Strand. Raben im Nest hatten einen weichen rosa Schlund, mit hellblauen Augen kamen sie zur Welt, doch auch Heimo wußte nicht, warum.

– Beim Zerstören sind sie Genies, sagte Heimo. Normalerweise zerhacken sie alles Neue innerhalb von Minuten, vor allem, wenn es glänzt.

Er lachte. Jedesmal, wenn sie ihn ansah, und er es merkte, wechselte der Ausdruck auf seinem Gesicht. Jana konnte Raben nicht von Krähen unterscheiden. Sie stocherte in ihrem Salat und dachte, nicht zum ersten Mal an diesem

Tag, an Matze. Heimo sprach davon, daß Raben schon im Nest mit der Zerstörungsarbeit anfingen, ja, das Nest recycelten, während sie noch darin saßen. Und wäre es nicht auch traurig gewesen, hätte Jana darüber gelacht, daß ihr dazu die eigene Wohnung einfiel, das Matze-Jana-Nest.

Sie hatten es vor einem Jahr mit Matzes Geld gekauft. Vom Vorbesitzer, einem älteren Mann, stammte fast alles darin, auch die runde Badewanne, groß genug für eine ganze Familie. Dabei hatte der Mann damals die Wohnung für seine Frau herrichten lassen, als sie ihn verließ. Nach drei Monaten in ihren neuen einsamen 150 Quadratmetern zog sie allerdings wieder zu ihm zurück, so daß er die komplett sanierte Wohnung verkaufte, an Matze und Jana. Matze trieb es gern in der Wanne. Ein paar Tage nachdem er mit der Diagnose kam, daß seine Spermien eher Modder im Tümpel waren als Fischlein, eher Sumpfalgen als wendige Schlangen – ein paar Tage nachdem er mit der noch warmen Probe auf dem Beifahrersitz durch die Stadt gefahren war oder damit in der U-Bahn saß –, also als sie da in der Badewanne anfingen und Matze, schon erregt, sie gleich nehmen würde, von hinten, wie sie es am liebsten mochte, gewiß, denn diesmal würde er es ihr besonders recht machen wollen, da hatte sie plötzlich das Duschgel in der Hand, die ganze, fast volle Packung Nivea-Peeling, und warf sie nach ihm. Im Spaß. Aber noch während der blaue Verschluß gegen seine Schulter flog und die Tube im Wasser vor ihm aufspritzte, griff Jana, als habe eben dieses Spritzen sie daran erinnert, daß alles, was bei Matze spritzte, nur so aussah wie Spritzen, schon das nächstbeste Stück vom Badewannenrand, eine Glasflasche mit Orangenaroma. Die Schwimmkerze traf Matze an der Schläfe, Jana wurde mit jedem Wurf wütender, warf, bis das ganze Bad schwamm. Matze ging hinter der Waschmaschine in Deckung, und der Hund versuchte vergebens, die ganze, leicht cremige Sauce vom Boden zu lecken. Matze, im Bademantel im Bett, zu seiner Seite gedreht, sagte noch gute Nacht. Seither gab es diese peinigenden Schweigepausen zwischen ihnen.

Am Ufer gegenüber baumelten drei Punks mit schwarzen Stiefeln über dem grünbraunen Wasser. Kleine Tropfen Kürbiskernöl von derselben Farbe standen in Janas Ruccola. Der Sex mit Heimo war kratzig gewesen und zu schnell. Doch immerhin schwammen jetzt in ihrem Bauch die Spermien nach oben!

– Manchmal, sagte Heimo, legen sie mich rein. Ich stelle die halbe Nacht über Fallen auf, friere mir Arsch und Zehen ab, kauere mich in mein mühsam gebautes Versteck, ertrage Regentropfen, die mir in den Kragen rinnen, um meine Raben bloß durch keine Bewegung zu verjagen – und dann kommen sie endlich, entdecken das Fleisch, fressen es raus, einfach so, und schwirren mit einem geradezu hämischen Keckern in meine Richtung davon.

Heimos Gesicht zappte aufgeregt zwischen häßlich und schön wie ein Gif-Bildchen im Internet. Was schön war, kam vom Schatten, vom Geruch auf Janas Haut, der Gong schwang nach. Sie ärgerte sich über sich selbst, als sie merkte, daß sie darauf achtete, ob Heimo der Bedienung hinterherschaute. Die hatte einen dunklen Flaum zwischen Nase und Oberlippe, große braune Augen, doch Heimo schaute nicht. Er lag in einem Verschlag, bei minus 20 Grad, auf Lauer im Wald, sein Gesicht glühte, ja, er sah glücklich aus. Warten auf Raben, nannte er das.

Manchmal stahl er Eier aus Nestern. Die von ihm aufgezogenen Raben liefen ihm nach. Obwohl sie nicht wissen konnten, daß sie Raben waren, reagierten sie auf Raben anders als auf Krähen. Heimo glaubte, daß es ein angeborenes Wissen gab, wohin man gehörte. Glück, nannte er das.

Jana, mit dem Zerrupfen ihrer Serviette beschäftigt, bemerkte das eigene Traurigwerden nun doch. Ziehen, rupfen, drehen, ziehen, drehen, rupfen, ziehen, rupfen, drehen, ziehen, rupfen, drehen. Cheops lag unterm Tisch, den Kopf auf den Pfoten, und schaute zu ihr hinauf. Gut, daß er nicht sprechen konnte; er konnte sie nicht verraten. Wer sprechen konnte, mußte lernen zu lügen – mußte es leichtherzig tun, glanzvoll und gut. Doch was nützte es, hier aufeinanderfolgende Sätze zu bilden und Heimos aufeinanderfolgenden Sätzen zuzuhören. Jana fühlte sich, als schaukele sie kopfüber von einem Ast.

– Wie ist das eigentlich bei deinen Raben? Die hocken sich auch einmal aufeinander, und das war's dann?

Heimo nahm einen Schluck von seinem Eiskaffee, der zu einer braunen Sauce zusammengeschmolzen war.

– Die machen's jeden Tag, für jedes Ei extra. Meistens am Morgen, nachmittags wird dann das Ei gelegt.

Vor sechs Monaten war Jana mit Matze in ein Fertility Centre gegangen. Beratung für Leute mit Kinderwunsch.

Im 50 Quadratmeter großen Wartezimmer saßen fast nur türkische Paare. Jeder Ankömmling erhielt eine Kinderwunschnummer, ihre lautete 5438. Dann mußten sie warten, auf gut gepolsterten Freischwingern, die neben dunkelgebeizten Tischen standen. Jana war dankbar, daß keine Babyfotos an den Wänden hingen. Es gab verschiedene Methoden, eine Informationsbroschüre, Hochglanz, farbig, beschrieb sie ausführlich. Vor den Fenstern wuchsen Bartnelken, man sah auf einen Parkplatz. Autos kamen und fuhren ab, als bewegten sie sich von selbst. Manchmal dachte Jana, daß Seelen, die später zu Babys wurden, in einer Höhle herumflogen und Ausgänge suchten, durch die sie in die Welt kriechen konnten. In dieser Höhle sah es aus wie in einem riesigen Flechtwerk, in den Wurzeln eines Baumes auf einem Hieronymus-Bosch-Gemälde, wo man nicht wußte, wo oben oder unten sein sollte und wo das Leben immer als etwas erschien, das beides umfaßte, Monster und Licht.

Sie spürte, daß Heimo sie beobachtete. Vermutlich fragte er sich, warum sie hier mit ihm saß. Oder beobachtete er aus Gewohnheit? Als er ihren Blick bemerkte, beugte er sich nach vorn, um Cheops zu tätscheln. Das grünrosa gescheckte Seidenfutter seiner Jacke blitzte auf, die Innentasche wölbte sich. O ja! Jana wußte sehr genau, warum. Dort steckten die Kondome. Sie biß die Zähne aufeinander. Heimo winkte der Bedienung, er mußte dringend aufbrechen zu seinem Kongreß. Nur seiner Forschung wegen war er schließlich da – er zögerte –, auch wenn er wisse, daß sie eigentlich sinnlos sei. Man könne nicht verstehen, was es heiße, 5000 Meter hoch zu fliegen und zu sehen, wie die Erde sich unter einem dreht. Was es heiße, dort oben zu balzen. Was es heiße, gierig zu sein auf rohes, verrottendes Fleisch. Nicht einmal die Farbe ihrer Federn sei zu begreifen. Wie der Hölle entronnen, geschrumpfte Seraphen, denke er manchmal, ein verrückter Spiegel des Menschen, gestählt von Rohheit und Witz.

Sein Gesicht strahlte:

– Und warm, du kannst dir gar nicht vorstellen, wie warm sie sind, in der Hand.

Die Nadel war kalt gewesen. Künstliche Insemination. Der Eisprung wurde exakt per Ultraschall überwacht, dann mußte Matze in die Wichskabine, seine Spermien kamen in die Zentrifuge, nur die guten wurden Jana eingespritzt. Doch: nichts. Sie hatte ihn beschimpft. Er geschwiegen. Im nachhinein kamen ihr Zweifel, ob dieses Fertility Centre eine gute Idee gewesen war. Wer wußte, was sie da in den Labors wirklich taten. Spitze Finger, Pipetten, und dann? Saubere Bilder kamen in jedem Fall heraus. Der Mensch als Gast, selbstgemacht. Fragen meldeten sich, seltsam begleitet von einem diffusen Wort, das Jana noch nie verstanden hatte: Moral. Ein Wort, das es sich zu einfach machte, ein Wort wie Fett, einem in die Kehle gedrückt, um die Neugier aufs Leben zu beschneiden, hatte sie bislang gedacht. Und jetzt?

Die Bedienung stand am Tisch. Heimo lud Jana ein. Das war das mindeste, fand sie. Cheops sprang hoch, als Heimo aufstand. Jana riß ihn zurück.

– Es gibt keine Gerechtigkeit, sagte Heimo. Das Beste,

was man tun kann, ist zusammenleben, ohne einander zu zerstören.

Sie schubste Cheops ins Auto, schloß die Tür. Wild sprang er auf dem Rücksitz hin und her und wollte wieder hinaus. Omnibusse stauten sich, einer nach dem anderen fuhr heran und hielt mit lautem Schnauben. Menschen hasteten vorüber, Kastanienflocken trieben noch immer über die Gehwege. Die Luft roch nach Benzin und Frühling. Wer sprechen konnte, konnte lügen, auch vor sich selbst. Im letzten Moment hatte Heimo aus der Innentasche seiner Jacke einen Gummi gefischt und ihn sich übergestreift. Ohne traute er sich nicht, diese Scheißbiologen, Gesundheitsfanatiker, Virus-Phobiker, Mückenficker. Schimpfwörter quollen aus Janas Gehirn in ihren Mund! Sie hatte noch im Bett versucht, die Situation mit einem Scherz zu retten: Laß das weg, mein Bauch gehört mir! Doch Heimo kannte den Spruch gar nicht. Blausiegel; und noch drei weitere in der Jackentasche, eines mit Noppen. Belanglos eigentlich, aber das verletzte Jana besonders. Was glaubten diese Biologen eigentlich, was lernten die denn in der Biologie?

Als Jana in der Hotellobby sagte, im Zimmer, dritter Stock, Nichtraucher, sei etwas von ihr liegengeblieben, leider habe ihr Freund den Schlüssel mitgenommen, gab ihr das Mädchen hinter dem Tresen mit geschultem, neutralem Lächeln eine Ersatzkarte für die Tür.

Zuerst knipste Jana das Licht im Bad an. Sofort antwortete das schabende Geräusch seiner Krallen auf der

Stange. Langsam hob sie das Tuch, mit dem Heimo den Käfig verhängt hatte. Sie hatte nie einen Raben vor sich gehabt, schon gar nicht so nah. Wie groß er war, hoch wie Cheops, selbstbewußt. Und alles schwarz, tatsächlich schwarz: Krallen, Füße, Federn, Schnabel. Nicht schwarz wie die Hölle, nein, keine Hölle konnte so schön sein, so satt schimmern, so tief befriedigt von sich selbst funkeln, blauschwarz, tiefschwarz, rabenschwarz. Er hatte die Ohrfedern aufgeplustert, um größer zu wirken – bestimmt war es ein Männchen. Jana stellte sich vor ihn. Seine Augen schimmerten dunkelgrau, wenn das Licht in einem bestimmten Winkel darauffiel, sie hatten dann dieselbe Farbe wie die Tragflächen von Flugzeugen, silbrig und dunkel in einem, schnell rollten sie hin und her. Mit leiser Stimme sprach Jana auf ihn ein. Gern hätte sie ihn berührt, aber die Angst vor seinem Schnabel hielt sie zurück.

Als sie den Käfig hob, krächzte der Rabe ein croock crooock, das Jana nicht zu deuten wußte. Cheops, der vor der Zimmertür an der Leine hing, antwortete mit einem Fiepen. Der Rabe rückte von Jana ab, während sie ihn trug, spähte jedoch auf ihre Hüfte, an der der Reißverschluß ihres Rockes glänzte. Raben, hatte Heimo erzählt, spielten mit Steinen. Rollten sie Bahnen hinauf und schauten zu, wie sie wieder herunterkamen. War das intelligent? Sie trug den erstaunlich schweren Käfig ins Zimmer und stellte ihn auf den Tisch neben Minibar und Fernseher. Das Fenster ließ sich mühelos öffnen.

– Schöner, sagte sie, du Schöner, und klappte die Käfigtür auf.

Ziehen, rupfen, drehen. Der Rabe rührte sich nicht. Rückwärts ging Jana zur Tür. Seine Augen folgten ihr. Er ließ ein paarmal das Nickhäutchen darübergleiten, es sah aus wie ein Blitzen, ein Lachen. Jana nahm Cheops von der Leine, schubste ihn ins Zimmer, schloß die Tür.

Absolute Ruhe. Dann ein sekundenlanges Flügelschlagen. Erneut absolute Ruhe. Jana war enttäuscht. Sie wollte die Tür schon wieder öffnen, als das Geräusch anfing.

Es sirrte in der Luft wie elektrischer Strom, lud sich auf, die Luft wurde sirupdick, und schlug endlich um in einen schwellend höher werdenden Laut, der das Blut zugleich gefrieren ließ und zum Tanzen brachte. Er kam aus der Kehle, nicht aus der Brust. In der Kehle gurgelte er, als mischten sich Speichel und Blut, brodelte wie in einem Kessel, erreichte endlich den Rachen, erfüllte den ganzen Kopf, klopfte auf Janas Hörnerven ein, indem er auf- und abschwoll, dissonant, aber doch melodiös, sich steigernd zu einem langgezogenen Crescendo. Das Wesen, das dieses Geräusch produzierte, schien nicht mehr atmen zu müssen, und Jana, erstarrt an die Tür gelehnt, hörte selbst auf zu atmen, ohne es zu merken. Niemals hatte sie solch eine Stimme gehört. Nie für möglich gehalten, daß es solch einen Laut geben könnte. Sie wurde Zeugin eines Schreis aus Entsetzen und Faszination, das uralte Jaulen eines Wolfs mitten in der Nacht, getränkt von Sehnsucht und Gier, Jagdfieber und Schmerz. Cheops. Jetzt tat er es. Er jodelte. Der Hund, verborgen hinter der Tür, schien vollkommen verwandelt. Er triumphierte und fürchtete sich, sah roch fühlte etwas jenseits der Welt. Jana preßte sich an den Türrahmen, sie wollte fortlaufen, längst, und konnte es nicht. Ihr Herz grauste sich. Es klang, als schreie ein Mensch.

In dieser Nacht träumte sie wild. Sie verwandelte sich in ein Wesen mit hellblauen Augen, lief in Schuhen durch Pfützen, überall patschte Wasser heraus, sie spürte die Stromleitungen im Haus, alles war vernetzt über Kabel und Rohre, die Schall übertrugen, japsende, fiepsende, aber auch knurrende Laute, am Ende ein Gluckern, als erreiche Jana das Meer. Wo hörte der eigene Raum auf, wo fing er an. Ein riesiges Sieb stand am Strand, jemand rührte darin, teigige Fäden preßten sich durch die Löcher. Erst schienen sie Jana wie Gedanken, doch sie wurden lebendig, waren Menschen, und Jana einer unter ihnen, aufgehoben bei den anderen. Hier gehörte sie dazu; es machte sie froh.

Innerhalb weniger Tage trugen die Bäume an Stelle der Blüten kleine grüne Bällchen mit Stacheln. Sie erinnerten Jana an die zerlegte Pfingstrose auf dem Teppich im Hotel, sie dachte an Heimos Hände, die Cheops an den Hinterbeinen in die Luft hielten, an Cheops' Blick, während sie ihn ins Zimmer zurückstieß. Für den Rest ihres Lebens würde sie diese Bilder sehen, blendend und schmerzlich. Verschwinden würden sie erst, wenn sie selbst verschwand. Zum ersten Mal konnte sie das denken, ohne in Panik zu geraten. Ein Zaunkönig rief. Aus 20 Gramm Nahrung machten Raben fünf Gramm Eigengewicht. Jana kam vom Gynäkologen. Cheops trottete etwas unsicher neben ihr.

Der Rabe hatte ihm die rechte Pupille ausgehackt. Das restliche Auge schwamm wie ein milchiger Mond in Cheops Gesicht. Die Schramme über seiner Nase heilte gut. Immer wieder fuhr er sich mit der Pfote über das verletzte Auge, wie um die plötzliche Schwärze wegzuwischen. Lange nach dem Jodler hatte Jana ihre Erstarrung überwunden und ein drittes Mal Heimos Hotelzimmer betreten. Der Rabe war fort. Matze tobte, als sie mit dem Hund nach Hause kam. Er war jetzt weniger wert, aber Jana mochte ihn lieber.

– Das hätten Sie sich sparen können, hatte der Arzt nach dem Test zu ihr gesagt.

Eben darin täuschte er sich.

Der Läufer wird im Winter gemacht

Das Rot kam näher, sah sie es? – roch es nur?, Enna, ein Knäuel, flog, die Luft fühlte sich nicht anders an als zuvor, nur Rot und Weiß wurden klarer, sie waren in einer Kurve gewesen, Kurve, dachte Enna und buddelte sich hoch, stieß an ein Knie, einen Ellbogen, etwas Warmes jedenfalls, Sekundenbruchteile der Geruch nach Schweiß, nicht ihr eigener, dann die Nase auf etwas Hartem, Knäuel, das eigene Knie, der eigene Arm, braun, immer wurde sie so schnell braun, da hörte sie sich keuchen, spürte Schmerzen in der Brust, immer an dieser Stelle, es gehörte dazu, aber *nach* einem Rennen, sie wollte die Beine bewegen, die hingen, Enna machte die Augen zu, und ganz schnell wieder auf: da – das Stadion, noch größer, höher, als wäre sie, Enna, eine kleine Kamera, aus der Halterung gefallen, auf den Boden gerollt – dabei wußte sie zu gut, wer sie war. Enna Markowicz, genannt »die Beine«. Der Aufschrei, aus 70 000 Kehlen, ein einziger entsetzter Schrei, Enna hörte, wie er überging in ein langgezogenes Ohh, kurz nachließ, als wisse man nicht recht weiter, und dann innerhalb nur eines Momentes anschwoll zu einem markdurchdringenden Buuuh. Enna Markowicz, gestürzt. Im Endlauf. In einem olympischen Endlauf, Enna, das Sprintgenie, genannt »Düse Enna«, oder »Enna Neandertal«, so rief Oskar sie im Wald, wenn sie zwischen sächsischen Kiefern trainierten, nur sie zwei, keuchten, trampelten, die Moose zerstörten, den Dinos nach, Neandertal, rief Oskar, um sie anzustacheln, zum letzten, besten, Enna, zum Rennen gemacht, aber nicht zum Siegen, lag reglos, hörte die Menge grölen, Tausende, verstand nichts, lag im Rasen, am roten Rand der Bahn, hart, roch nach Schweiß, roch wie immer, aber lag, und das Rennen war vorbei, und etwas war absolut falsch: Enna, genannt »die Beine«.

Oder war es doch eher so:

Tausende, sie spürte sie, hörte sie, die pochenden Herzen, wie alle Aufmerksamkeit auf sie gerichtet war, bunte Pünktchen sprangen, drehten, das sah sie als erstes, dann flutschte ein Stück Rasengrün an ihrem Blick vorbei wie ihr ums Gesicht geschlagen, eine Ohrfeige, und da fühlte sie, daß sie flog, das Rot der Bahn kam näher, in Zeitlupe, gedehnt, weich, und etwas in ihrem Körper gab nach, ächzte ganz unten und sagte »Endlich aus«, da kam sie schon auf, doch eigentlich spürte sie nichts, sank in Watte, wohlig geradezu gaben die Glieder nach, alles eins, ein Breikörper, ein Haufen, nur noch ihr Atem – und dann kam ihr zurück, wo sie war, worum es ging, sie hörte das lange Aufstöhnen des Publikums, ein Ooohhh aus Tausenden von Kehlen. Real, hektisch buddelte sie sich hoch, roch den Gummi der Laufbahn, spürte einen Widerstand am rechten Schuh, zog, sah Beine über und neben sich, weiße kräftige Waden, Noppen – von unten. Da erst begriff sie. Die eigenen Füße verhakt in ein zweites Paar Beine, sie lag, halb darin, halb draußen, hatte eine andere Läuferin mitgerissen, lag neben ihr am Boden, die andere rappelte sich eben auf, der kleine Adler auf ihrer Brust spannte sich, schwarz-rot-golden, wie bei Enna, doch ohne Hammer und Zirkel, da erst begriff sie.

Enna Markowicz hat den Sturz verursacht, sagte der Stadionlautsprecher – und Enna hörte, wie der Schrei aus Entsetzen und Anteilnahme, das lange Ohh der Enttäuschung überging in ein noch längeres Buuh. Das Münchner Olympiastadion zitterte, Enna stand auf weichen Knien, sie hörte nur Pfiffe, wütende Stimmen, aufgeregte, allen voran Günther, Haupttrainer Günther, Mannschaftsbetreuer, nicht Ennas Oskar, der war nicht dabei, sie hätte heulen können vor Wut über sich selbst, vor Schmerz, rappelte sich auf. Die andere Läuferin, Favoritin auf den Sieg wie Enna, beide sichere Medaillenkandidatinnen, blieb stumm, beide Trikots waren schmutzig, verschwitzt, raus – aus der Zeit. Der Rest des Feldes lief gerade ins Ziel. Günther nahm Enna am Arm, führte sie ab, sie sah auf der Anzeigentafel ihren Namen, ihre Nummer, ausgeschieden, Deutsche Demokratische Republik.

Ich versuche, mir ihr Leben vorzustellen:
die politische Kontroverse, die sich an diesem Sturz entspann
die Diskussion um den Trainer, die sich anschloß

ihren Mann Ari, der zu Hause alles am Radio verfolgte
das Kind
den Mann, der sie am Flughafen empfängt
wie sie überhaupt zum Laufen kam
ob sie Tabletten schluckte
wie begeistert sie war von ihrem Staat
wie sie abgehört wurde
wie sie beim Staatsempfang für die Olympiamannschaften neben Erich saß
wie leicht sie braun wurde
ob sie Tabletten nahm
wie es zuging im Trainingslager in Ungarn
wie sie mit ihrem Mann zusammenbleibt, trotz ihres Trainers
wie ihr die eigenen Füße ineinandergelaufen sind, schon als Kind
wie sie gerade deswegen Läuferin wurde
wie sie es wegtrainiert hat
wie es wieder passiert bei höchster Anspannung
wie Verdacht auf Verdacht folgte
sie habe das absichtlich gemacht, um die BRD-Läuferin zu behindern
so die eine Seite
sie sei von der BRD gekauft worden, um die DDR durch eine derartig plumpe Finte (als könne man sich nichts Besseres ausdenken, wenn man der BRD tatsächlich schaden wolle) der Lächerlichkeit preiszugeben
wie sie gemaßregelt wurde
wie beglückwünscht

wie sie lacht und zu mir sagt: Weißt du, warum ich so gut war?

Das haben wir immer so gemacht in der Familie, sagt meine Mutter, schnell laufen, schnell Kinder kriegen, schnell sterben. Na, das letzte fehlt bei mir noch, aber was die beiden ersten angeht, sagt meine Mutter, war ich nicht schlecht. Habe die Tradition erfüllt, vermutlich hat mir nur Ennas Handicap gefehlt, ich wurde nie so schnell wie sie, und dann kam auch noch die Wende, aber da war ich längst in Berlin, mit dir, und bin nie mehr zurückgefahren.

Oskars Frau hat mir manchmal Bonbons gegeben, über den Kopf gestrichen und armes Kind gesagt, aber immer hatte ich das Gefühl, sagt meine Mutter, sie meinte damit mehr sich selbst, und manchmal schaute sie mich prüfend an, als denke sie wie alle anderen, daß Ari nur mein Onkel sei. Dann wollte sie mir Lakritz schenken, aber das nahm ich nicht, es sah aus wie Ennas Schnürsenkel, wenn sie völlig verdreckt aus dem Wald kam, wenn sie wieder stundenlang weggewesen war, tagelang sah ich sie nicht, sagt meine Mutter, sie rannte, bevor ich morgens aufstand, und rannte noch, wenn ich zu Bett mußte.

Seit drei Wochen träume ich immer wieder von Oskars Frau, wie hieß sie gleich noch, sagt meine Mutter, iß schön, sagte Oskars Frau im Traum, bis du rosa Augen bekommst und alles rosa siehst, das wirst du brauchen, Kind, deine

Mutter Enna hat rübergemacht, damit du es gleich weißt, und als ich fragte, was das heißt, fing sie an zu weinen, im Traum, und wurde immer kleiner und dünner. Am Ende saß sie auf meiner Hand, trocknete sich die Tränen, es war mir unangenehm, sagt meine Mutter, und murmelte: Er hat sie alle durchgefickt, jede, öfters, dann hatte ich meine Ruhe, mich hat er ganz in Ruhe gelassen, und dabei schaute sie mich vorwurfsvoll an. Hätte er doch lieber mal was von seinen Mittelchen selbst gegessen, Viagra gab es ja noch nicht, sagte Oskars Frau da auf meiner Hand, aber den Frauen, die er trainierte, wuchsen ja schon Bärte, auch deine Mutter hat sich doch dauernd wie blöd die Haare rasiert, ist dir das nicht aufgefallen, und daß sie immer so schnell braun wurde, was meinst du wohl, woran das lag!

Ihre großen Fotoalben warten bei uns zu Hause in der Kommode unterm Fernseher. Mutter staubt sie ab, aber wir schlagen sie nicht auf. Du siehst Enna ähnlich, sagt Ari, wenn er Mutter und mich einmal besuchen kommt, Enna, sagt er, wenn er zum Fernseher geht und ihn anschaltet, gleich wieder ausschaltet, und dann wieder an.

Die wollten ihr keine Extrawurst braten, sagt Ari, da war sie also in diesem olympischen Dorf mit Blumenrabatten und Beton und hat nicht mehr trainiert, aus Trotz, weil Oskar nicht mitkonnte, sie ist immer trotzig gewesen, genützt hat es aber nichts. Kein Wunder, sagt Ari, daß sie dann gestolpert ist, im entscheidenden Rennen. Hingeschlagen ist sie, sagt Ari, als wäre ich selbst gefallen. Oskar kam angerannt, rief: Das darf nicht wahr sein, hörte gar nicht mehr auf mit diesem Satz. Ich wußte, daß sie früher diesen Lauffehler gehabt hatte, schon als Kind, sagt Ari, und sich leicht mit dem linken Fuß an der eigenen rechten Wade verfing. Ich wußte, sagt Ari, daß das manchmal wiederkam, wenn sie sich aufregte oder zuwenig trainiert hatte, aber am ehesten doch, wenn sie sich aufregte. Sie fiel nicht, weil Oskar nicht dabei war und sie aus Trotz nicht weitertrainierte, das war sie doch gewohnt, sagt Ari, das allein kann es nicht gewesen sein. Ich habe es bis heute nicht verstanden, sagt er. Hat sich verheddert, die Enna, sagte Oskar, und nickte. Sie schickten sie mir, weil sie in einem Trainigslager auffiel, dabei trainerte sie da gar nicht selbst, sondern war Aufpasserin für die Jungen. Die rannten abends zur Kneipe fünf Kilometer hin, fünfe zurück, und Enna immer vorn dran. Ari sagt: Der hat sie nie ausgezogen, nur mit Blicken. Der Rest vergeht einem doch, bei diesen Trainingseinheiten. Oskar hat sie taxiert und gefragt, ob sie Schuhe dabeihat, obwohl er doch wußte, daß sie welche hatte, sagt Enna. Wir haben dann ein paar Probeläufe gemacht. Trainer, sagte sie zu ihm, immer nur Trainer. Die haben auf Eis trainiert, sagt Ari, die anderen trainierten mit Gewichten an den Beinen, und sie trainierten auf Eis.

Das war Oskars Idee, sagt Ari, Training auf dem zugefrorenen See. Enna ist dort oft allein gelaufen. Es war ihre Lieblingsstrecke. Einmal hat sie sogar deine Mutter mitgenommen. Das Eis war nicht dick und veränderte sich, wenn sie drauftrat. Von ihren Tritten sprangen Risse auf, sie liefen vor ihr her. Einmal ist sie eingebrochen. Ganz am Rand. Sie kam wieder raus. Aber bald danach hat sie aufgehört.

Als sie gefallen war, sagt Oskar, hat sie mich gleich angerufen. Vom Ausland aus haben die Verbindungen ja ganz gut geklappt. Natürlich hat man es knacken gehört in der Leitung, das hörten wir doch beide, daß sie überwacht wurde, war ja sowieso klar. Sofort hieß es: Die hat absichtlich die Bundesdeutsche zu Fall gebracht. Gleich war die ganze Aufregung da. Enna, Enna, hab ich gedacht und bekam fast einen Herzanfall. Ich konnte nichts tun. Natürlich haben sie mich mehrfach in eine ihrer Wohnungen bestellt. Ich wußte von nichts, sagt Oskar, Sabotage an der BRD oder gar an uns kann ich mir nicht vorstellen, habe ich gesagt. Sie hat alles genommen, immer, was so angeraten wurde, habe ich gesagt, aber das hat nicht gestimmt, sagt Oskar, sie hat am Ende nichts mehr genommen, sie wollte doch nach München aufhören. Diese Neandertalerin, sagt Oskar. Die Zärtlichkeit in seiner Stimme klingt echt, ich glaube sie ihm. Vor zwei Wochen war ich in der Normannenstraße. IM Schale, steht in den Akten, kennt EM seit etwa zehn Jahren. Er behauptet, EM entdeckt zu haben. Heute, berichtet IM Bohne, habe EM ständig zuwenig Geld. Er berichtet, daß eine Bestechung durch die BRD nicht auszuschließen ist. Daß die Observierung von EM unbedingt fortgesetzt werden muß.

Der Sport hat sie groß gemacht, sie am Leben gehalten, sie rennen lassen, sie zu Hamstern im Rad gemacht, kaputtgemacht, mich gezeugt, ich habe ihnen den Sport fast kaputtgemacht und dann nachgemacht, sagt meine Mutter. Vater war Sportler, Mutter war Sportlerin, Oskar war Trainer und Sportlerbespitzler, ich war Trainingsobjekt, Mutter war fort, Vater war da und kochte, Oskar war überall, Oskars Frau war eifersüchtig, Mutter wurde bespitzelt, Mutter nahm, was man ihr gab, und hatte Silber- und Goldmedaillen im Kästchen zu Haus.

Ari sagt: Ich war es nicht allein. Aber ich habe sie bespitzelt, um sie zu schützen. Ich war die beste Person dafür, hätte ich es nicht getan, hätten sie jemand anderen auf sie angesetzt, und dann wäre es nicht gegangen, daß sie nichts mehr frißt, ich meine … was sie alles nimmt, habe ich nicht reingeschrieben, um sie hinzuhängen, sondern damit alles so ist wie bei allen anderen, die schluckten doch alle wie die Spechte, und die Stasi sollte glauben, daß Enna mitmachte, daß sie tat, was man ihr sagte, keine Sabotage.

Oskar hatte doch einen ganzen Schrank voll mit dem Zeug, sagt Oskars Frau.

Oskar sagt: Also die Enna, an die erinnere ich mich nicht so genau, ich habe so viele gehabt, dazu grinst er, fragen Sie mich nicht, mit der Stasi, ne, ich durfte ja nicht mal mitreisen auf die Spiele, offiziell hieß es, weil ich nur Enna betreute, na klar, Enna war mein bestes Pferd, aber tatsächlich durfte ich nicht mitfahren, weil ich ihnen nichts erzählte, das war doch die übliche Bestrafung. Ihr was gemischt? Vitamine, sicher, aber wirklich, richtige Vitamine, die braucht schließlich jeder.

Enna sagt: Ich glaube nicht, daß er mir was untergejubelt hat, er war immer sehr korrekt, einmal haben wir miteinander geschlafen, bei ihm in der Küche, wenn du so viel körperlich miteinander zu tun hast, machst du es einmal, dann ist es aus dem Weg, seine Frau war beim Einkaufen oder vielleicht auch nur beim Wäscheaufhängen im Garten, daß sie jeden Augenblick reinkommen konnte, hat ihm gefallen.

Ari sagt: Die nahmen sich doch gar nicht wahr als Mann und Frau. Aber Oskars Frau, das war eine hübsche, warum die bei dem blieb, ist mir ein Rätsel, wir hatten was miteinander, na, ich und sie, die hatte was mit den Männern von all seinen Sportlerinnen, denen gings doch jedem wie mir, eine Notgemeinschaft war das, nachbarliche Solidarität.

Enna: Ach, die Trainingslager, nichts Besonderes, wir sind eben gerannt, das war intensiver als Vögeln. Am liebsten trainierte ich aber bei uns zu Hause, im Winter, und lief allein über den zugefrorenen See. Denn das mußt du dir merken: Die Rennen sind im Sommer. Aber gemacht wird der Läufer im Winter.

Ari sagt: Du bist allein, wenn du mit so jemandem zusammenlebst, die haben einen Ehrgeiz, der brennt sie aus, sie kommen zurück und liegen bei dir, aber du spürst, wie sie im Traum rennen, mit den Beinen zucken, ständig Theater um die Beine, Ennas waren übrigens auch noch sehr hübsch, lang und trainiert, ich sag dir, die konnte einem glatt die Hand zwischen den Oberschenkeln zerquetschen.

Oskar sagt: Du bist nie allein, wenn du jemanden trainierst, da bist du doch der klassische Mitläufer, eine Schattenexistenz. Das Schöne daran ist, daß du etwas an einem anderen machen kannst, so, als wär er eine Verlängerung von dir. Du hast einen, in den du ausgelagert bist.

Ari: Ihr Trick war der Trainer. Oskar, dieser Neandertaler, mit seinem Neandertalerbart, groß und schwer. Du hättest nicht geglaubt, daß einer wie der so laufen kann. Zu alt für die Wettbewerbe, aber genau richtig für Enna. Schnell genug, daß sie ihn abhängte, aber er lief mit, koste es, was es wolle, Blasen an den Füßen, Ärger mit der Frau und auf der Arbeit, weil er dauernd fehlte, das nahm er alles in Kauf.

Oskars Frau: Nie bist du allein, wenn du mit so jemandem zusammen bist, an dem hängen immer irgendwelche jungen »Talente« wie die Kletten, mit 20 Leuten zugleich liegst du in deinem Schlafzimmer und wäschst für alle die Socken, wenn du Pech hast! Bist nie allein und sehnst dich danach, aber wenn sie dann mal alle abgefahren sind ins Trainingslager, hältst du es kaum aus, und Oskar war auch am allerschlimmsten, unerträglich, wenn er mal wieder nicht mitdurfte.

Ari: Ich habe nie ein Kind gewollt, das ist dann eben passiert. Enna habe ich jahrelang gekannt, vorher. Ich habe sie beim Training beobachtet. Wir mochten uns. Es war einfach mit ihr.

Oskar sagt: Das Laufen mit ihr!

Oskar sagt: Wir haben nie wirklich was miteinander gehabt, aber im Wald, da sind wir immer ein Körper gewesen. Wir fühlten uns so frisch und ganz am Anfang, wie der ganze Staat. Auch in den Siebzigern, ja, auch da noch. Heute ist das lächerlich. Er sagt, daß er selbst nie etwas gewonnen hat. Ich war keiner für die Lichter, sagt er. Ich nicht.

Ari sagt, daß er ihr den Heiratsantrag gemacht habe, als sie von München zurückkam. Er wußte ja, wie es im Team zuging. Die Konkurrenz. Die Journalistenschlacht jetzt. Mittendrin die Polizei, sagt er, und die Horcherei.

Warst du nicht eifersüchtig?
Worauf?
Aufs Laufen.
Ich hatte auch was.

Ich weiß, was du meinst.
Du hast die Akten gesehen?
Du hast ihnen erzählt, daß sie Muskelaufbaumittel nahm.
Ich habe ihnen erzählt, daß sie von Kind an einen Lauffehler hatte und in München nicht absichtlich stürzte. Dieses Gerede von gezielter Sabotage, solch ein Unsinn. Als hätten wir das gegen die BRD nicht besser hingekriegt, wenn wir gewollt hätten.
Du hast gemeldet, sie nähme ein ganz neu entwickeltes, hochwirksames Testosteronpräparat.
Das nahm jede, das war nichts.
Du hast es gemeldet, obwohl es nicht stimmte?
Hier, Fotos, Briefe. Und dann mach die Kiste zu, ich will diese Kiste zumachen.
Ich auch. Aber ich spreche noch mit dir.
Du hast die Akten gelesen.
Ich spreche noch mit dir.
Du bist nicht entsetzt?
Noch nicht genug. Du hast gemeldet, sie nähme dieses Zeug, obwohl sie es nicht nahm.
Damit sie aussah wie die anderen. Erst die Akten, und dann die Wahrheit den Akten angleichen. So haben wir das in der Familie immer gemacht. In den erfolgreichsten Fällen.
Ich nicht.
Dein Fehler.
Oder Ennas. Hat sie es dann genommen?
Ich weiß nicht. Es stand in den Akten, das reichte. Ich habe es ihr nicht in den Saft geschüttet, wenn du das meinst.

Du hast ihr nicht die Schuhe angebohrt.
Sie ist nie in den See gefallen.
Sie ist nie in den See gefallen?
Nein. Sie ist geflohen. Sie hat rübergemacht. Ohne uns. Deine Mutter und ich, wir waren ihr scheißegal, verstehst du: Die wollte ihr Gesicht nicht mehr im Eis sehen. Die ist davongelaufen.

Vor vier Monaten ist meine Großmutter in Berlin gestorben. Ari und sie ließen sich nie scheiden, aber sind auch nach der Wende, als es wieder gegangen wäre, nicht mehr zusammengezogen. Die Beerdigung hatten Oskar und Ari zusammen organisiert. Meine Mutter blieb ein paar Tage, ich fuhr sofort zurück. Nun war es zu spät, Enna zu fragen. Was ich sie fragen wollte, fiel mir erst ein, als sie tot war. Nicht, wer mein wirklicher Großvater ist. Darüber redeten nur andere, neckten meine Mutter, daß sie ja bloß bei ihrem »Onkel« lebe, aber alle, die uns wirklich kannten, wußten Bescheid. Ari und Mutter haben den gleichen kaffeebraunen Fleck über der linken Hüfte. Er sieht in etwa aus wie der Umriß von Ungarn; Aris ist vielleicht einen Schatten dunkler, aber das ist der einzige Unterschied.

Gestern nacht träumte ich von Enna. Ich saß auf dem alten roten Cordsofa in ihrer Wohnung in Charlottenburg. Sie grinste mich an, aus ihrem runden, noch ganz glatten Gesicht. Der See, sagte sie, lag neben einer Landstraße, ab und an knatterte ein Wagen vorbei, man sah den nächsten Ort, ein paar graue, geduckte Häuser, rundum riesige Felder, in Wellen gepflügt, mit Reif bedeckt. Wenn ich übers Eis lief, sprangen an manchen Tagen, sagt sie, vor meinen Schritten Risse auf. Ich beugte mich nach vorn, um mein Gesicht im Eis gespiegelt zu sehen. Wie die Risse mir durchs Gesicht liefen, sagt sie leise, das habe ich geliebt. Mein Gesicht war manchmal ganz milchig und farbig, dunkelrotbraun oder mattblau, türkis, weil das Eis so schimmerte, und es löste sich auf beim Laufen, zerlief, sprang, wurde Wasser oder Luft – ich spürte den Übergang nicht mehr, lief und rannte, rannte, atmete, lief, selbst Teil eines anderen Elementes.

Weil man etwas lieben muß, denke ich, um es gut zu machen, vielleicht ist das die Antwort. Das, was man tut, so sehr lieben, daß das eigene Ich einem egal wird, man sich sogar freut, wenn Risse durchs Gesicht laufen und es auflösen, daß eben das Liebe heißt, denke ich, aber ich weiß, daß Enna all das nicht gesagt hat, daß ich es bin, die es so versteht.

Büßerschnee

Gerald hackte die Skistöcke ins Geröll und zog sich nach oben. Längst konnte nicht mehr die Rede davon sein, daß er kraftvoll autrat. Aber auf 6500 Meter tat das keiner. Zudem stapfte er heute schon zum zweiten Mal hier rauf. Gerald, außer Atem, hielt inne. Dieser Idiot! Gelb, hellbeige, golden leuchteten die Steine, wie in Streifen ausgelegt, manchmal auch weiß in der flimmernden Luft, die den Hang sekundenweise als Ganzes senkte, wieder hob. Das Geröll war sofort in seine Tritte zurückgerollt. Eine Stunde Wegs unter sich, am anderen Ende des Steinfeldes, konnte er das Lager erkennen. Lässig lehnte das Nachmittagslicht an der Flanke des Gipfels und lachte über die Dummheit der Menschen, die sich hierherverirrten. Nur 15 Minuten, 15 selige Minuten nach unten rutschen, mit den Skistöcken bremsen, rutschen, nur 15 Minuten bis zu seinem Zelt, zu Wärme, Ruhe, die müden Muskeln entspannen, die Lunge, den Willen, das Herz. Jann, dieser Idiot!

Hier mußte er falsch abgebogen sein, hier oben, irgendwo. Wie die Rücken zahmer, zahmer – was waren das doch? – Wa: Warane hockten die Sechstausender auf dem Plateau, nicht steil, kein Klettergebiet. Was sie gefährlich machte, ließ sich nicht mit Pickeln und diesem Zeug an den Füßen angehen, diesen ... Eisen – ah, die verdammte Müdigkeit. Im Kopf, im Bein. Im Bauch. Im Atem. Im. Kopf. Gehen. Doch Gerald, keuchend, stand. Was gefährlich war, saß im eigenen Hirn, in den Lungen, ein Taumel, verursacht von dünner Luft, streng dich, Gerald!, streng dich an. Jann! fehlt! Keine Nacht schlief man ruhig, immer zappelte einem der Körper. Hoch, wenn ... weil ... fiel automatisch in europäischen Atemrhythmus, erstickte beinahe, und dadurch: ja – stand er, Gerald, jede Nacht unterm Mond, trotz der Kälte, blickte auf das silbernhelle Feld überm Lager: Geröll. Wie ein großer Wurm kroch ein Schatten darauf, aber es war der Schatten von nichts.

Gerald, geh! Er hatte das Ende der Halde erreicht. 20 Meter über ein flaches Stück aus großen Felsbrocken und Schneeflecken zum nächsten Anstieg. Eine Stufe im Berg, gemacht für Götter, für Riesen. Gerald hörte sein Herz, sein Blut. Heller Wahnsinn, daß er noch mal losgegangen war. Nach einer kompletten Tagestour. Und allein. Da – unten – die Zelte. Runterrollen. Es war verboten: allein. Zu gehen. Aber Jann. Nach der ganzen Tagestour, auf dem Gipfel war es so schön gewesen, und Jann unten geblieben. Beim Abstieg dann. Bogen Max und Kurt ab, noch einen Berg, die hatten nicht genug! Die: nicht. Aber Gerald sah Jann vor sich durchs Geröllfeld gehen, abwärts, zu den Zelten. Gerald stand. Die waren so rot. Nicht – zu – übersehen. Dort: unten: lag schon Frank, der hatte umgedreht auf halbem Weg. Noch mal los, das verstieß nicht nur gegen jede Bergregel – gegen gesunden Menschenverstand. Aber: als er da unten. Ankam. Nicht völlig erschöpft. Noch ganz okay. Stolz, er schaffte es! Da sich erst einmal Tee machte. Trank. Und dann nachschaute. Wie es sich gehört, Bergregel. Lag im mittleren Zelt Frank. Tiefschlaf. Aber Jann. Nicht da. Da hatte Gerald sich wieder zum Kocher gesetzt. Noch einen Tee. Gewartet. Das Fernglas war bei Max. Auf der Geröllhalde überm Lager kein Schatten, keine Bewegung, nichts. Geralds Mund wurde trocken. Er mußte doch gehen! Jann retten. Eine neue Flasche Tee. Er schrieb einen Zettel für Max. Kurt, Apotheker aus Köln, war nach dem dritten Tag völlig ausgepumpt ins Zelt gesackt, hatte sich erbrochen, stundenlang reglos im Schlafsack. Salz, ausruhen, Tee. Am nächsten Morgen lief er wieder mit. Also!

Gerald ging allein. Es gab hier oben kein Wasser. Es gab keinen Nebel hier, kein Geheimnis, nichts war umhüllt. Klare harte Schatten warf der Stein auf den Stein.

Gerald ging das Geröllfeld systematisch: ab. Ging: mit sich selbst: hätte er sprechen können, doch was. Innen kämpfte er nur, da hockte, was er den Schweinehund nannte, groß, zottelig, fletschte ihn an, komm runter, oder aalte sich mit einer Frau auf einem Futon. Doch er selbst, Gerald, wurde immer länger und dünner hier, wuchs ins Leere, der Kopf stieß ihm an den harten Himmel, die Füße gingen unten, auf der Höhe des Meeres, jedes Bein reichte ganz durch den Berg: und wühlte: darin. Manchmal hörte er einen Knochen knacken, den dritten im kleinsten Zeh, so scharf war alles, so ausgewickelt von der dünnen Luft. Wie: an jenem Mittag an der: Küste, wie. Nicks: helles Gesicht.

Böhle, rief Gerald, und wieder: Jann! An der Steilwand leuchtete eine langgestreckte Kette Büßerschnee. Der blendete sogar durch die Brille – hart geriffelte Platten, ausgefressen zu Zacken und Kanten, ein treibendes Eisfeld, auf nacktem Kies. Nur hier: gab es das. Nur dieser Wind, diese Höhe. Diese: Sonne, so krumm. Sonne, wie damals am Strand. Menschengroße, hier: aneinandergelehnte Schneeplatten, Marsch über den Berg. Gerald hielt die Hand an die Augen. Die Platten glitzerten, als machten sie ein Geheimnis, sie gingen, als torkelten sie, fielen gleich, mit einem einzigen dumpf-knirschenden Geräusch. Es blieb still.

Der Weg zum Gipfel führte rechts daran vorbei, über einen kurzen Abstieg in eine Senke, auf der anderen Seite hoch, geradeaus durch festen Schnee hinauf. Gerald warf sich voran. Es war ihm, als sei ihm etwas Entsetzliches voraus, als müsse er es erreichen, etwas Leeres, das er nicht kannte, doch daneben wuchs das steinerne Gesicht einer Sphinx aus dem Fels, ihre Lippen bewegten sich, Gerald hörte etwas wie »Schu…«, wie »du«, wie »voran«, wandte den Kopf.

Noch zweieinhalb Stunden, dann war es dunkel. Der Wind trieb langgestreckte Zirruswolken über den blauen Himmel. So: makellos: wie ein Kinderkörper am Strand. Wie: im August das Meer. Die Luft zerrte an Geralds Goretexjacke, seiner äußersten Hose, der dicken Wollmütze, dem ersten von drei Handschuhpaaren, gemacht aus dem neuesten, wärmespeichernden Material. Schlagartig und mit einer Heftigkeit, die einen fast umriß, sprang der Wind mittags auf, um dann stundenlang zu blasen: unveränderlich – wie die Landschaft, ihre: Steinmassen. Ihr Schnee. Wasser, hier war es ein Scherz. Gerald ging langsam über das flache Feld. Erst wenn abends die Thermik zusammenbrach, wurde es still. Dann kroch die Kälte von innen an: ihm: hinauf. Doch jetzt. Schwitzte Gerald, Tropfen rannen am Rand seiner Gletscherbrille. Müde schob er sie. Über. Die Mütze. Schraubte seine Thermoskanne auf und trank. Das Lager konnte er nicht mehr sehen. In Wahrheit. Als hätte er nie. Das Rauschen im Ohr war er selbst. In Wahrheit, die hier immer der Wirklichkeit entsprach, zumindest solange man überlebte, sah man hier sowieso nie etwas außer Himmel, Schatten und Fels. Hier war alles Wasser: Eis. Der Büßerschnee leuchtete wie ein Collier. Marsch schweigend, wie »du«, wie »voran«, im Knirschen des Schnees, wie »Schuld«.

Vielleicht lag Jann mit gebrochenem Fuß hinter einem Felsbrocken, ganz nah. Doch keine Antwort. Nicht einmal ein Echo. Selbst Bakterien gingen in dieser Luft jämmerlich ein. Daher verwitterte nicht, wer hier liegenblieb, sondern wurde ein Ötzi für Sankt Nimmerlein. Jann, rief Gerald. Kurzes a, zwei n, das hatte er immer betont, BÖHLE MENSCH JANN!

Einen heimischen Führer hatten sie sich gespart. Die Strecke galt als einfach, alle Teilnehmer waren Bergsteiger mit Routen- und Höhenerfahrung. Per Zeitungsannonce zusammengekommen, hatten sie sich im Flugzeug nach Santiago zum ersten Mal die Hände geschüttelt. Doch:

jetzt: in den Bergen, ihrer Luft, ihrem Licht, trat, was sie in sich trugen, als wirres Gefleck, mit leeren Stellen dazwischen, an die Oberfläche. Als. Sickere eine Säure ungleichmäßig auf eine Platte. Gerald: 32 Jahre, 18. Tour. Er hatte die Daten noch, noch immer: im Kopf. Weil hier alles Wasser: gefroren: zu Eis. Deswegen kam er hierher. Wasserfrei. Seine 18. Tour. Die Landschaft still, nur das Meer rauschte, wie Blut im Ohr, aber – das war er doch – selbst. Er ging, Jann retten: ging Gerald, er. Wasser gab es nur als Scherz, als Schild: *agua del desierto*, ein Holzpfeil nach unten, 1000 Meter bohren, dann. Nur: dieses Licht: wickelte ihn ein. Er hörte den Rotor. Ein Hubschrauber – kam – er nicht, da? Dieses Brummen. Und der Himmel: blau: wie. Doch Gerald stand. Der Himmel war leer. Beim Aussteigen aus dem Flugzeug hatte Max einen Lachanfall bekommen. Die dünne Luft: im Kopf. Wie Sekt. Die Landschaft war verrückt. Sie sah aus wie ein Fehler im Plan der Erde. Fehler passierten immer wieder. Es gab Regeln. Sie hatten gewartet, bis alle gut akklimatisiert waren. Mit Max teilte Gerald das rechte Zelt. Fast wie ein Bruder. Alle anderen waren älter, auch Jann. Er wußte nicht viel von ihm. Systematisch ging Gerald, ging. Schaute: hinter jeden Stein. Die großen berührte er mit der Hand. Hand.

Auf der Tour wuchsen die Bärte. Von Tag zu Tag deckten sie mehr von den Mündern zu. Gerald wollte das sinnvoll scheinen. Es wärmte. Die Luft schlug kalt an die Zähne, wenn man sprach. Sprechen kostete Kraft. Die Stimme klang verzerrt. Man brauchte seine Stimme hier nicht. Gerald ging ohne zu rufen. Fühlte seine Kraft zurückkehren: in dem: jetzt: flachen Stück. Zu Tausenden saßen gelbbraune Grasbüschel, aufgerichtet wie Igel, auf dem Hochplateau unter ihm auf – auf. Dünn auf den Stein gehämmertes Gold. Er stand, erneut. In den Kuhlen zwischen den Gipfeln leuchteten rötlich Steine, als schlügen der Landschaft tausend Herzen. Noch nie hatte Gerald einen Menschen verloren.

Janns Spuren führten an der Senke entlang. Er mußte müde: so: müde gewesen sein, das hatten sie schon heute vormittag gedacht, als sie auf dem Gipfel ankamen und ihn noch immer an der Senke stehen sahen. Hin und her ging er, schien eine Stelle zu suchen, an der er möglichst wenig absteigen mußte. Die Stelle gab es nicht.

Auf dem Gipfel aber: da: sirrte die Luft. Strich über die Steine, als liebe sie. Dabei formte sie sie, trieb ihnen Eis in die Poren, bis die Steine zersprangen. Oder dalagen wie die Eier urzeitlicher Vögel, vor Millionen Jahren vergessen. Alles war groß, trocken, weit. Gerald hätte diese Erde auf den Balkon setzen wollen und gießen. Gerald wollte weinen. Wolken, weiß und erleuchtet, strichen durch den Sonnenschein: Falter. Und. Warfen kleine: Muster: auf die Steine, die sich rundum streckten, in jede Richtung, bis zum Horizont. Das Glas der Erde, gefüllt mit Steinen und Schnee, geribbelt, verworfen, ein Klettern zu Gott. Mit gedehnten Brüsten waren sie zu viert am Gipfel gestanden, Augen und Münder weit offen, um aufzusaugen, weswegen sie gekommen waren. Das war für jeden ein anderer. Grund. Wenn man sich hier oben drehte, drehte die Erde mit. Gerald, auf dem Gipfel, flog dahin, wühlte sich ins All, es war eine Lust, die die Lungen zerriß, Hände und Füße schienen schon vorher: abgefallen. Noch nie hatte er einen Menschen verloren, auf einer Tour. Scharf und fest blitzten die Berggipfel über alles hinweg.

Jetzt ging Gerald an der Senke entlang. Wenn man sich schützte, konnte man eine Nacht draußen überleben. Die Schatten wurden schon lang, schwarzweiß die Landschaft, fast ein Computerbild. Am Anfang des Schneestückes fand Gerald Janns Spur. Nach unten. Er hätte vor Freude schreien können. Oder vor Angst. Doch hier war alles namenlos. Lappig: lag die Nordsee in: jener Bucht. Die Sonne stand schräg. Aber: der Sand: so heiß an den Füßen. Nick. Gerald erinnerte den salzigen Geschmack im Mund. Am Himmel kreiste, silbern und laut, ein Rettungshubschrauber. *Falk*. Von den drei Brüdern war er der kleinste gewesen, Nick. Unbedingt hatte er solch einen Hubschrauber sehen wollen. Zwei Wochen lang, am Strand. Man hatte: ihnen. Vorhaltungen gemacht. Es gab Regeln. Dabei kannten sie den Strand wie ihre Hosentaschen. Doch manchmal hat eine Tasche plötzlich ein Loch. Janns Spur: da: war. Funkgeräte besaßen sie nicht. Es war mehr als genug, die Zelte, Benzinkocher, den Schnellkochtopf, die Büchsen und Fertigsuppen hochzuschleppen. Gerald glaubte, seine Knie ächzen zu hören. Wenn Max geschickt abstieg, konnte er an einem Tag das Basislager erreichen. Von dort Hubschrauber anfordern. Die nächsten waren 350 km weiter im Süden stationiert. Es würde dauern. Sie würden hier oben übernachten müssen, er und Jann.

Gerald ließ sich vorsichtig den Schneehang hinab. Die Stimme seines Vaters: sie rief: ihn: doch! Froh rief er zurück, ja, hob die Hand. Gerald war nie verlorengegangen. Nur einmal als Kind in ein Ruderboot geklettert, ein Cousin machte ihn los, er trieb hinaus. Schon Abend, der See dämmrig. Eine seiner Cousinen feierte dort Hochzeit. Es war still, glänzend wie jetzt, silbrig. Angst und Schönheit krochen in seinem Herzen zusammen. Der Vater kam und holte ihn mit einem anderen Boot an Land. Er konnte schon schwimmen, damals. Was waren sie doch für eine Wasserfamilie gewes… ge… ge…worden. Das Boot hatte geschwankt. Er hörte sich lachen. Hier oben gefror selbst Schweiß.

Gerald stellte sich vor: Janns Wut. Wie er da: an der Senke. Stand. Nicht weiterkonnte. Nicht dorthin: wo: die anderen. Nicks junges Gesicht. So bleich. Da am Strand. Während er sie oben am Gipfel sah. Nur 200 Meter Luftlinie. Und an so etwas scheiterte er. Sie rissen Witze über ihn, bestimmt: grinsten über sein Versagen.

Doch: er täuschte sich. Sie hatten ihn vergessen. Gerald gab: es: sich zu. Von dort, wo sie saßen, sah die in die Luft geschwungene Kante eines nahen Vulkans aus wie das Zeichen von Nike. Gemeinsam lachten sie darüber, wie selbst hier, in der Wüste, Markenbilder durch ihre Köpfe spukten. Nike, hatte Max gesagt, ist das nicht die Göttin für Sieg? Sie hatten den Haken ins Gipfelbuch gemalt. Janns Niederlage brauchten sie nicht. Für einen Augenblick glaubte Gerald, Rotorengeräusch zu hören. Doch: der Himmel: war leer. Der Hubschrauber stand im Sand, keine zehn Meter von Gerald entfernt. Sie trugen Nick hin. Gerald aber sah ein großes Tor. Überm Meer. Es war aus Luft. Gerald: konnte gut: gehen. Er war lang, er war dünn. Gern sah er seinen Schatten vor sich über die Düne rollen aus Stein, gern sah er ihn in Rillen, im Schnee. Er vermißte das Knirschen unter den Schuhen, wenn er ein paar Monate in der Stadt war. Er liebte die Nächte, wenn der Benzinkocher lief, man einen Müsliriegel kaute, in den Schlafsack kroch. Liebte das Bild des umgekehrten Nachthimmels. Nur der Orion war auf beiden Hälften der Erde gleichermaßen zu sehen. Der Rest stand Kopf. Hier oben schien dies richtig. Die Luft tropfte wie Schnaps in den Ko: Kopf. Vorsichtig, geradeaus, neben Janns Spur ließ Gerald sich den Hang hinab. Müde. Überwach. Solange er etwas erkennen konnte, würde er nach ihm suchen. Er hatte schon einmal einen Menschen verloren.

Doch: der heraufziehende Abend schien Kakaopulver in die Täler zu werfen. Nichts drängte mehr in Gerald; falls er etwas suchte, dann das Ende dieses Traumes, er wartete darauf, wach zu werden, vielleicht wenn er die Augen schloß, sich hinabrollte, den Fels. Die Spur führte nicht ins Lager zurück. Jann: verirrt er – würde ihn retten. Ob er ihn heute noch fand?

Gerald pfiff durch die Zähne. Kälte schoß ihm in den Mund. Hier oben war Wirklichkeit immer dunkel – ein Tag, betrachtet durch ein tiefblaues durchbrochenes Tuch. Wie von unter Wasser gesehen. Doch Gerald war leicht. Als ginge er in einer Schürze, voller Früchte, im Sommer, frisch gewaschene glänzende Kirschen, ausgebreitet unter der Sonne. Kirschen: an einem Augustabend. Am Ende der Ferien. Er ging am Meer. Mit Christoph und Nick. Sie sahen Spuren, vom Tag. Das Meer lag ruhig. Meist war Ebbe. Die Flut kam in den Prielen. Sie schoß dahin. Man sah sie nicht. In ein paar Stunden würden sie abfahren. Sie kannten die Bucht wie ihre Hosentaschen, ihr Lieblingseck. Viel los gewesen war nicht. Christoph wollte einen Rettungshubschrauber sehen. Nick fror, hüpfte von einem Bein aufs andere. Er mußte ins Bett, der Jüngste: was: für eine: Wasserfamilie sie damals doch.

Er würde mit ihm warten. Sich an einen Felsen kauern, Steine aufschichten. Warten auf die anderen, auf morgen früh. Der Himmel ein Nichts. Er: würde ihn finden. Da läge er, steif. Ihn anhauchen: beatmen: die Brust: pressen: tragen dann. An Land. Sie wären an Land. Aus der Ferne die Bergflanken glatt und fest. Doch Wind und Schnee hatten längst alle Oberflächen in Steinhaufen verwandelt, bröckelig oder kugelnd, dicke Schichten, in die man hineinrutschte, dünne, wie Krusten über festem Stein. Darüber der zu Nadeln zerfressene Fels. Gerald wußte, wie man müde wurde. Wie man zusammenbrach. Vielleicht ging Jann schon in Trance – automatisch hakten Geralds Hände die Stöcke ein. Es war soviel angenehmer, runterzugehen. Der große zottelige Hund in ihm schüttelte sich. Man ging wie: im Traum, aber was man tat, war Wirklichkeit. Das Gehirn schrumpfte in den Körper zurück, Automatik, Autopilot. Jann im Sinkflug. Gerald hörte sich atmen. Die Wüste aus Stein und Eis lag gekippt. *Agua del desierto*. So ging man wenigstens nicht im Kreis.

Als der Schnee hinter einem Stück Geröll wieder einsetzte und Gerald Janns Spuren nicht entdeckte, als er wußte, daß er nun rechts oder links abbiegen mußte, bemerkte er, unter einem Steinvorsprung, nicht weit entfernt, etwas leuchtend Rotes. Sein Herz blieb stehen.

Es war der Rucksack.

Geralds Beine schmerzten, als er sich bückte. Schon war der Mond zu sehen. Schmal. Gerald durchwühlte den Sack. Ein Pulli, ein Objektiv. Als er es herauszog, verlor er das Gleichgewicht und fiel auf den Hintern. Er blieb sitzen. Er starrte auf die Steine rundum. Als wäre Säure ungleichmäßig auf eine Platte getropft. Hatte das nicht Christoph gesagt? Nochmal wühlte er: alle: Taschen durch. Rechts außen fand er einen Müsliriegel. Das gab ihm den Rest. Daß Jann den nicht mitgenommen hatte! Keine Kontrolle mehr. Gerald war traurig, wie sicher er sich war. Er hörte seinen Vater schreien. Mit einer Stimme, wie. Nie. Nick. Nick. Nie.

Ein Menschlein, dieser kleine Zusammenhang wandernder Knochen, Muskeln und eines Herzens, und er, Gerald, dasselbe noch einmal – den Bergen war egal, ob sie sich bewegten, oder einsanken in die Stille hier. Doch er hörte den Fels arbeiten, das Eis rutschen, den Fuß. Als: er: die Augen: öffnete, lag Nick vor ihm. Geradegestreckt. Sand an den Unterseiten der Arme. Die sie ihm auf: den Bauch gelegt: hatten. Vögel schrien. Sie schauten zu. Der Schatten des Hubschraubers stand auf dem blauen hellen Wasser. Es war Mittag, ein kleiner Schatten, verzerrt, schnell. Fiel eine der Büßerplatten um, spritzte Kies. Wie unter den Kufen, als. Der Hubschrauber: abhob, das: Meer so blau und. Manchmal sind 200 Meter, und manchmal ist ein Meter: zu viel. Nick lag da, so gerade und klein. Wie: abgespült. Gerald hörte nichts. Der Vater schaufelte Luft mit den Händen. Die Mutter war am Auto geblieben. Auch die Nordsee hatte Ebbe und Flut. Die Priele im Wasser zogen. In der Stille lag ein ständiges Kommen und Gehen. Büßerschnee, endlose Karawane auf dem Zug ins Nirgendwo. Stille, weißsilbern, glitzernd aufgestellt. Gerald hörte sich atmen, das Blut rauschen im Ohr. Mit Glück: gegen zehn: nachts, das Lager erreicht. Morgen früh aufbrechen, bei Sonnenaufgang, mit Kurt und Max. Und wenn sie ihn morgen nicht fanden? Geralds Herz zuckte, jemand schrie.

Der Wind hatte sich gelegt. Gerald nahm die Gletscherbrille ab. Die Hänge gegenüber schimmerten grün-violett. Ein Hügelzug wie ein Arm in Hemd und Anzugjacke, der Daumen ragte hervor, vier Finger, hinuntergestreckt in den Sand, eine göttliche Hand, aufs Plateau gelegt. Als habe die Landschaft Verständnis für das menschliche Bedürfnis nach Verkörperung. Gerald saß mitten darin, in ein Flimmern versetzt, drei Zentimeter überm Grund. Innen fühlte er sich durch den ganzen Berg reichen, durch Adern von Schwefel und Salz, durch feuchte, sumpfige Regionen, denen Düfte entströmten, bis zu einem Knoten aus Pinienwurzeln, die in der Mitte verwoben waren. Die Vergangenheit, Herbsttage und die Zimmer, in denen er gesessen hatte, strömten hinweg wie verkohltes Papier mit roten Augen darin. Knapp hinter seinen Schultern faltete sich etwas Sanftes, Großäugiges zusammen. Es kam auf ihn zu.

Er mußte zurück. Losgehen, jetzt oder gar nicht mehr. Es war kalt. Er hatte selbst einen Müsliriegel dabei. Der Hubschrauber stand auf dem Kies. Hier war alles gefroren. Das liebte er. Kein Wasser. Hier konnte man nur an der Luft ertrinken. Gerald hörte ein Lachen: wohl: von ihm selbst. Die Stimme seines Vaters. Jetzt wie ein Tier. Das Licht jenes Mittags, mit Chris und Nick. Die Eltern packten noch, für die Abfahrt. Geht doch ans Meer, der Vater hatte diese Idee. Sie kannten es. Tritschelten los. Gerald wollte nicht. War zehn. Christoph, der Älteste, stürzte ins Wasser. Flache Lauge. Gerald hampelte am Strand entlang. Ihm war zu warm, er ging zurück. Nick schrie, lief hin und her, wußte nicht, was. Blieb dann doch. Gerald saß bei den Eltern im Hotelzimmer. Die Sonne schien hinein. Das Licht jenes Vormittags. Genug für ein Leben. Sie suchten noch ein Handtuch. Nicks Spielzeugauto. Der Vater zog mit Gerald los, die Brüder zu holen. Als alles: fertig: war. Der Himmel über Gerald wand sich wie eine samtene Tasche zu dicken dunklen Falten. Nick war Vaters Lieblingssohn, sah ein bißchen aus wie er. Nicht still: wie Gerald, nicht groß wie Chris. Er legte Steine an die Stelle von Janns Rucksack. Als Beweis, daß er wenigstens etwas gefunden hatte. Doch da: brauchte: bloß eine Welle: zu kommen, ein Schnee, dann fand man hier nichts mehr. Die Landschaft, die so ewig aussah, bewegte sich stets, dehnte sich, schrumpfte. Von einem Tag auf den anderen gab: es: nicht: mehr: wo man. Gestern noch gewesen war. Als: alles: fertig: war. Gerald beugte sich über den Rucksack wie damals über Nick. Nie fuhr er ans Meer. Er hatte es hier gefunden. Es hatte ihn hier gefunden. Büßerschnee über den Steinen. Er war jetzt ruhig. Stand wieder am Strand, der Schatten des Helikopters so klein auf dem Wasser, das träge dalag, harmlos. In der Luft stand ein riesiges Tor. Es war aus Licht, war aus Stein. Im Tor landete der Hubschrauber, aber das Tor blieb stehen. Sie legten Nick hinein. Mit Sand auf dem Bauch, von den Unterarmen, die: ihm: wieder: jemand: herabgebogen: hatte. Bleich, so schmal, in der Badehose so bleich. Chris sah ihm nach. Er hatte Kratzer am Körper. Gleich würde er gehen. Bestimmt. Vater kam doch und holte ihn, aber Vater schrie »Nick, Nick«. Gerald sah den eigenen Schatten auf dem Kies, zerschreddert, gehubbelt, verworfen wie Stein.

Er tastete nach dem Müsliriegel in der Jackentasche. Aber da war nichts. Hatte er: ihn: schon – gegessen? Im Rucksack vergessen? Der lag nur 30 Meter weiter oben, 30 Meter. Aber nach oben. Die suchten ihn bestimmt. Er hatte den Rucksack doch eben erst liegenlassen. Er mußte aufstehen. Weitergehen. Der Himmel faltete sich auf wie eine samtene, an den Rändern stark gekräuselte Tasche. Es war sein Rucksack. Im Vergleich zu da oben wirkte es hier warm. Er kroch an den Felsen. Wenn es anfängt zu schneien … Regeln dafür hatten sie ihm: eingebleut. Regeln waren immer falsch. Es schneite nicht. Er dachte daran. Gleich würde er gehen. Gleich. Bestimmt. Was für eine Wasserfamilie: sie: damals. Doch. Das Tor lag gekippt.

Es war weiß. Als solle Gerald es antippen. Aber er kam nicht hin. Wäre ich nicht: weg: ge: gegangen. Damals. Dann. Da stand Christophs Gesicht neben ihm im Fels. Alt. Vor ein paar Monaten hatte Christoph Gerald gesagt: daß: der Kleine: sich im Wasser: daß Nick sich an ihn geklammert, aber daß … daß er ihn abgeschüttelt hatte, um nicht mit unterzugehen, in Todesangst. Aus Instinkt.

Als Gerald die Augen öffnete, war es hell. Er hatte etwas Warmes im Mund, Tee. Dann erkannte er Max. Neben Max stand Jann. Gerald hatte sich getäuscht, als er glaubte, ihn vor sich nach unten zu den Zelten gehen zu sehen. Es mußte Frank gewesen sein.

– Wir haben deinen Zettel gelesen, sagte Max. Du hättest hier nicht den Helden spielen müssen!

Sie stützten ihn. Halb trugen sie ihn vom Berg. Gerald blickte über die Schulter zurück. Alles war, wie es gewesen war. Aufrecht, spitz, zog Büßerschnee gegen den Wind.

Scham

Jesmindras Zunge war lang, schmal und sehr rot. Sie konnte damit ihre Nasenspitze berühren, ein Trick aus der Schulzeit, als es auch darauf ankam, die Zunge im Mund zur Seite zu rollen und gerollt herauszustrecken. Das konnte Jesmindra nicht.

Das Restaurant lag am Elbufer, an den Hügeln unterhalb der Stadt. Dora und Wolf hatten schon lange davon geschwärmt. Man betrat ein weißes Häuschen, das sich nach hinten auf eine erstaunlich große Terrasse öffnete. Der Koch war stadtbekannt, der Blick hinunter auf den Fluß weit, wie auf einem Meißener Porzellanbild, hatte Jesmindra gedacht, fehlten bloß die in den Auen grasenden Kühe. Daß der Fluß nah lag, war nicht unerheblich. Der Fluß spielt in dieser Geschichte eine Rolle.

Jesmindra führte Dora und Wolf aus. Der Abend fühlte sich warm an, angenehm, nach der Sommerhitze der letzten Wochen. Einen Monat hatte Jesmindra bei Dora und Wolf gewohnt, war von ihnen gefüttert worden, versorgt – perfekte Gastgeber, die beiden. Dora arbeitete im Kulturamt der Stadt, Wolf war Ingenieur, spezialisiert auf Belüftungssysteme. Er sah müde aus, es gab viel zu tun. Auch Dora hatte eine Menge Arbeit, doch ihr merkte man es nicht an. Sie war erfolgreich, souverän; den Haushalt erledigte sie nebenbei, eine Putzfrau besorgte den Rest. Abends kochten sie, saßen bei einer Flasche Wein in der Küche, Jesmindra hatte sich wohl gefühlt. Dora und Wolf stritten oft, aber kameradschaftlich. Er sagte »du aus dem Westen«, sie sagte »und du aus dem Osten«, dann lachten sie. Zu Jesmindra sagte keiner das mit dem Osten, obwohl es noch mehr gestimmt hätte. Sie kam aus Indien.

Es war leicht gewesen, sich bei Dora und Wolf wohl zu fühlen. Jesmindra hatte zwei Kilo zugenommen. Der Reißverschluß ihrer schwarzen Hose war kaum mehr zugegangen. Die Hose glänzte. Auch ihre Gastgeber hatten sich für den Restaurantbesuch fein gemacht. Der Fluß unten lag träge, ein Stück von ihnen entfernt, die Wiesen um ihn herum waren braun. Doch hier oben roch es nur nach Bäumen, Blättern, nach Grün, dachte Jesmindra. In ein paar Tagen würde sie nach Chicago zurückkehren. Sie lebte seit 16 Jahren in den USA. In Chicago roch es anders, überall. Auch Chicago lag an einem Fluß, aber man merkte es kaum.

Jesmindras Zunge rollte verschiedene Sprachen mit gleichem Geschick durch ihren Mund. Bengalisch, Englisch, Deutsch. Jesmindra forschte über Reiseberichte aus Indien, 18. Jahrhundert. Deutsche wurden vom dänischen König dorthin geschickt. Auf deutsch schrieben sie ihre Reporte, einige davon lagen hier in der Bibliothek. Natürlich fiel Jesmindra hier mehr auf als in Chicago. Wie hätte sie nicht auffallen sollen. Auch in Indien fiel sie auf. Sie war so groß wie Dora. 178 cm. In Indien war sie eine Riesin. Ihre Haut milchig braun, mit dunklen Pigmentflecken um die Augen, auf den Wangen. Dora war blond, schmal. Sie setzten sich an einen Tisch nah der Terrassenbrüstung. Die Abendluft legte sich mild um die Haut. Jesmindra konnte nicht sagen, daß sie sich fremd fühlte. Sie fühlte sich überall gleich. Ihre Proseccos kamen, und sie stießen an.

Jesmindra bewunderte die türkisen Blattschatten, die auf den Steinen der Terrasse schwammen. Ich werde sie nur noch Jess nennen. So nannten sie alle. Es war einfacher. Sie war meine Freundin.

Zwei Tische weiter zog eine Frau ihren Begleiter an den kurzen Haaren, damit er zu ihr hinüberschaute. Sie hielt eine Einwegkamera in der Hand, eine große gelbe Plastikbox, und drückte ab. Das Restaurant füllte sich. Die Box sah aus wie ein Kinderspielzeug.

Der Kellner, in perfekt gebügelter schwarzer Hose und weißer Jacke, nahm ihre Bestellung auf. Jess entschied sich für Hühnchen. Dora und Wolf wollten die Fischplatte für zwei. Über die Brücke fuhren Autos, an ihrem Fuß stand ein Fischer in einem roten Overall. Man mußte sich ernähren, auch Dora nahm das ernst. Jess also war eigentlich Jesmindra. Dora war immer schon Dora. Ernähren, wohnen, seine Arbeit tun. Daraus wuchs Zufriedenheit, das Gefühl, zu Hause zu sein. Dora war den ganzen Tag im Büro gesessen, sie war nicht müde. Jess war den ganzen Tag in der Bibliothek gesessen, sie war hungrig wie ein Wolf.

Mit der Spitze der Zunge berührte Jess ihre Nasenspitze.

Dora konnte das nicht, aber sie hatte das Spiel angefangen. Der sächsische Zungenschlag des Kellners war wohl daran schuld. Er kam mit frischem Brot und Kräuterbutter. Der Fluß unten hatte die Farbe eines gelben Spiegels in einem dunklen Zimmer. Auch Dora war hungrig, sie drehte die Zunge im Mund, das konnte sie. Wolf lachte – über Jess' »hungrig wie ein Wolf«. Für Jess war der Fluß ein gelber Spiegel, wie die Leute um sie herum. Wenn man dunkler ist, macht es nichts, lauter Hellhäutige um sich zu haben, sie selbst sah die Pigmentflecken in ihrem Gesicht nicht. Dora hatte drei auf der linken Hand. Sie war 41, wirkte aber wie 33. Zungen waren bei allen Menschen auf der Erde gleich. Gleich unterschiedlich, dachte Jess, wenn man das so sagen kann.

Doras Hand lag neben Jess' Teller. Die Nägel waren gefärbt. Im Westen hörte die Bemalung der Hände hier schon auf. In Indien wurde die Innenseite in feinen Mustern mit Henna verziert, manchmal bis über den Puls. Eine Katze lief über die schwarz-weißen Steinplatten der Terrasse wie eine Figur auf einem Schachfeld. Die Elbe, sandig gelb, stand hoch.

Dora mochte Katzen nicht. Sie warf einen schnellen Blick auf sie, aber ließ sich nicht von ihrem kleinen Gefecht mit Wolf ablenken. Es hatte mit Wolfs Arbeit zu tun, Technik war wichtig, aber nicht mal Wolf sprach gern davon. Die Katze, ein großes, weißes Tier, setzte sich neben Doras Stuhl. Jess sagte nichts. Es war Wolfs einziger freier Abend in dieser Woche. Er sah, mit der dunklen Brille in dem eher blassen Gesicht, aus wie ein Physikdozent. Jess hatte ihn vor drei Jahren, als sie zum ersten Mal hier forschte, im Bus kennengelernt. Dora war seine Freundin. Sie wurde auch Jess' Freundin. Das war nicht selbstverständlich.

Die beiden stritten noch immer.

»Du mit deinen Westideen. So geht das bei uns nicht!« sagte Wolf.

»Durchsetzen, besiegen, niedermachen«, sagte Jess. »Im Englischen und Deutschen ist Streit mit Kriegsmetaphern verbunden. Im Bengalischen auch.«

»Aber man könnte es sich anders vorstellen«, sagte Dora.

Ein Eichhörnchen raste über einen Draht an der Terrasse, den Schwanz wie ein Fragezeichen gebogen. Wolf schüttelte den Kopf.

»Doch«, sagte Jess. »Zum Beispiel als Tanz. Wenn wir Streit als Tanz dächten – das wäre ein ganz anderes Leben.«

Dora und Wolf lachten. Sie hatten längst aufgegeben, aneinander herumzuzerren.

»Tanz ist gut«, sagten sie.

Ganz so einfach war es aber natürlich nicht.

Der Kellner brachte den bestellten Wein. Es war Jess' Abend, für Dora und Wolf. Sie lud sie ein. Sie bedankte sich. Sie stießen an. Der Wein schimmerte rotlila im Glas. Dora schrie auf. Sie hatte die Katze neben ihrem Stuhl berührt. Erschrak sie, wie weich sie war? Wie warm?

Dora stand. Sie hatte leise geschrien.

Katzen liefen nie – im menschlichen Sinn – geradeaus. Katzen liefen nie geradeaus. Dora stand. Hatte leise geschrien. Dennoch hatten es alle gehört. Leise Schreie sind manchmal lauter als laute. Dora schrie, weil etwas Schreckliches sie berührt hatte. Was es war, konnte sie nicht sagen.

Die Katze hatte eine kleine rosa Zunge. Ihre Augen waren braunschwarz, wie die von Jess. Dabei sahen sie natürlich ganz anders aus, es waren schließlich Katzenaugen. Wolf schaute zu Dora hoch. Die Katze miaute. Zuvor hatte sie geschnurrt. Die Steinplatten waren von der Sonne des Tages noch warm.

Der Kellner kam, ohne daß sie ihn gerufen hätten. Dora wollte sich nicht hinsetzen, bis die Katze weg war. Alle hatten den Schrei gehört. Doras Stimme wurde leise, wenn sie wütend war. Sie flüsterte mit dem Kellner. So außer sich hatte Jess sie noch nie gesehen. Wolf reagierte nicht. Jess versuchte zu vermitteln. Sie fühlte sich verantwortlich. Der Kellner lachte, zog die Katze am Halsband ein Stück zur Seite. Sie war wirklich ganz weiß. Und groß. Bewundernd schaute die Katze Dora an. Roch sie noch besser als zuvor, weil sie sich aufregte? Wolf schaute aufs Tischtuch. Jess war verwirrt.

Dora saß wieder. Sie redete weiter, als sei nichts gewesen. Wein und Wasser, das Brot im Korb, die Butter. Es schmeckte. Jess hielt sich zurück, um sich den Appetit für ihr Hühnchen zu bewahren. Dora fragte den Kellner, ob es erlaubt sei, Katzen in einem Restaurant zu halten. Es war nicht verboten. Die Katze gehörte dem Koch. Leute kommen der Katze wegen, sagte der Kellner. Sie werde das zuständige Amt anrufen, ob *so was* erlaubt sei, sagte Dora.

Jess wußte, wie Doras Hand sich anfühlte. Sie lag auf dem Tischtuch. Die Venen hoben sich deutlich hervor, wie eingebaute Flüsse. Doras Hände waren warm, aber nicht weich.

Der Kellner kam mit der Fischplatte, er schien sich beeilt zu haben. Dora und Wolf begannen zu essen. Eßt nur, sagte Jess. Sie konnte sich vorstellen, wie hungrig sie waren. Lachs, Dorade, ein Stück Seezunge. Die Fische kamen nicht aus der Elbe, zur Zeit nicht. »Die Sushi sind gut«, sagte Wolf. »Erzähl doch was«, sagte Dora.

Jess mochte Flüsse.

»Fangt nur an«, sagte sie, »sonst wird es noch kalt.«

Die Schatten auf der Terrasse nahmen zu. Das letzte Licht lag auf den Holzleisten der Brüstung wie Blattgold auf einem mittelalterlichen Bild. Der Fluß unten war schlammig. Aufgewühlt – floß er doch ruhiger als sonst. Ein Fluß war eben kein Mensch, aber das wußte jeder. Nur die Sprache machte ein Spiel daraus, trieb ihr Spiel mit der Ähnlichkeit.

Der Fischduft hängte sich in Jess' Nase fest. Ebenso der Geruch des gekochten Reises, als Dora sich einen großen Löffel davon nahm. Jess' Magen knurrte; sie schaute dem Kellner nach. Die Katze war wohl in der Küche. Alle in der Küche streichelten wohl die Katze, statt zu kochen, dachte Jess, doch sie sagte es lieber nicht. Es schien besser, die Katze nicht mehr zu erwähnen.

Dora und Wolf wollten etwas von Kali-Puja hören. »Erzähl doch was von Kali«, hatte Dora gesagt. Oder war es Jess, der Kali einfiel?

Hatte Jess gesagt: »Kali, die müßte dir gefallen!«

Bei Kali ging es auch ums Essen. Meines kommt gleich, dachte Jess. Wenn sie erzählte, konnten Dora und Wolf in Ruhe kauen. Kali trug einen Gürtel mit Menschenschädeln um die Hüften. Der Mythos war 5000 Jahre alt. Kannibalismus hatte es überall gegeben. Sich rein halten, ernähren. Heute waren die Schädel oft durch Hunde- oder Katzenköpfe ersetzt. Während Kali-Puja stürzte man Tausende von Kalistatuen in Calcuttas Fluß. Hooghly hieß er. Hooghly, so ähnlich wie holy.

»Das müßte dir gefallen«, sagte Jess zu Dora. »Katzenschädel.«

»Puja«, sagte Jess, »heißt Fest. Während Kali-Puja wird Calcutta gesperrt, überall stehen provisorische Tempel, das ganze Jahr arbeitet man darauf hin, formt aus Flußschlamm kleine, große und riesige Kalistatuen. Im März schon trocknen sie in der Sonne, das Fest ist im November. Den Rest der Zeit braucht man, um die Tonfiguren zu bemalen, zu schmücken. Prächtig sehen sie aus.«

»Willst du nicht fragen, ob er dein Essen vergessen hat?« sagte Dora.

Jess drehte sich nach dem Kellner. Er stand vermutlich noch immer in der Küche und streichelte die Katze. Vermutlich streichelte er die Katze ununterbrochen. Ihr weißes Haar war auf seiner weißen Jacke nicht zu sehen.

Am Tisch wurde geraucht. Jess war das nicht mehr gewohnt; in den USA war in Restaurants selbst das Rauchen im Freien verboten. Auf der Brüstung, die die Terrasse abschloß, standen zwei große Steinfiguren. Sie schauten zum

Fluß. Etwa so groß, sagte Jess. Während Kali-Puja aß man tagelang nichts. Man trank Hasch. Das war hier verboten. Jetzt hätte sie gern welches gehabt. Das sagte sie mir später nicht, so denke ich sie mir. Fast, als wäre ich dabei gewesen. Vielleicht war ich dabei.

Damals, als Jess noch meine Freundin war. Ich erinnere mich: an den Fluß hinter den Statuen, ockrig und ruhig. Ein Baumstamm trieb vorbei. Er würde an der Brücke hängenbleiben, vermutlich. Doch es roch gut, nicht nur nach den Speisen auf den Tischen. Der Abend war warm.

Der Kellner kam und fragte, ob etwas fehle.

»Das sehen Sie doch«, sagte Jess.

Er schaute betreten, oder eher undurchdringlich.

»Hab ich vergessen«, sagte er.

Dora und Wolf hatten die halbe Fischplatte durch. Eines der Sushi war schief geraten – das ließen sie übrig. Als kleiner Turm saß es am Silberrand der Platte. Ich stelle es mir vor oder erinnere mich daran. Es wird wohl letzteres sein. Jess hat mir davon nicht erzählt; das mußte sie nicht.

»Ihr sterbt sicher bald vor Hunger«, sagte Jess.

Sie starb bald vor Hunger. Sie hatten sie vier Wochen lang durchgefüttert. Jetzt gaben sie ihr nichts. Boten ihr nichts an. Nicht mal das. Sie kauten, lächelten. Ob sie etwas wolle, fragten sie nicht. Sie vergaßen sie.

»Kali hackt Köpfe auf«, sagte Jess. Laster, vollgestopft mit schreienden und trommelnden Männern, rasen zum Fluß. Tausende erwarten sie am Ufer, im Modder und dem Glitzerzeug von den Figuren, die sie schon hineingeworfen haben. Sie stoßen die Statue von der Rampe, kippen sie ins Wasser, johlen und schreien. Kali, schwarz und blau, glamourös, hebt die blutverschmierte Hand, stürzt in den Fluß, hebt die Hand, stürzt in den Fluß, die ganze Nacht hindurch.

Jess schmeckte die Pakoras ihrer Mutter. Ihre Zunge brannte. Gewürze waren ein Stück Sonne, das man auf die Zunge legen konnte, ein Stück Sonne zum Essen. Sie gaben ihr nichts. Sie vergaßen sie.

Der Kellner kam, um abzuräumen.

Jess sagte: »I've had it.«

Lauter, als beabsichtigt. Es war wohl die Anspannung. Er verstand. Dora und Wolf sahen zufrieden aus. Etwas verlegen, vielleicht, aber nur kurz. Es war dunkel. In der Elbe schwammen die Fische. Das Sushi saß am Silberrand der Platte wie der Stummel eines Katzenschwanzes. Sie hatten sie nicht vergessen. Sie hatten es absichtlich getan. Sie wußten, wie hungrig sie war.

Wenn einem so etwas mit den besten Freunden passiert, reißt es einem den Boden unter den Füßen weg.

»Exzellent«, sagte Wolf und wischte sich den Mund an der Serviette ab. »Eines der besten Essen überhaupt.«

Wolf zögerte, Jess sah, daß er bemerkte, daß sie nichts bekommen hatte. Dora bemerkte nichts, zumindest sagte sie nichts. Deswegen muß ich weitererzählen.

Aus dem Gasthaus klang leise Klaviermusik, in der Ferne bellten Hunde. Man konnte kaum aufstehen, so windig war es geworden. Nein, es war nicht wirklich windig. Jess sah auf die Uhr. Quer über die Terrasse kam der Kellner mit der Rechnung auf sie zu. Jess nahm einen Schluck

Wein. Eine leichte Wellenbewegung floß ihren Rücken hinunter. Sie nahm noch einen Schluck. Die Luft selbst schien sich verändert zu haben. Auseinandergefallen zu sein.

In Calcutta sprangen sofort Kinder den in den Fluß gestürzten Statuen hinterher. Was eben noch unberührbar gewesen war: Jetzt, im Wasser, war es Material. Ware. Stoff. Erst heilig, dann Geld. Im Restaurant waren die Lampen angegangen. Auf ihrem Tisch flackerte ein Windlicht. Die Elbe glitzerte. Jess dachte an die Hüteszenen auf Meißener Porzellan. Mehl mahlen, Staub. Etwas formen, brennen. Hier stellte man es in Vitrinen. Die Figuren in Calcutta, mit den Händen glattgestrichen, doch grob. Zurecht versanken sie. Jess zahlte. Ein paar Wolken schoben sich am Mond vorbei. Jede Kalistatue streckte die Zunge heraus, breit und rot. Kali stand auf Shiva, ihrem Gatten. Sie hatte gemordet und im Blutrausch beinahe auch ihm den Kopf abgehackt. Hemmungslos, ekstatisch. Im letzten Augenblick erkannte sie ihn. Erschrocken erwachte sie aus ihrer Raserei und streckte die Zunge heraus. Aus Scham. Bis heute tat man es wie sie: zeigte die Zunge, wenn man sich schämte.

Jess zahlte. Irgend etwas blühte noch, es roch danach. Jess kannte die Pflanzen nicht alle; Dora auch nicht, obwohl sie hier zu Hause war. Dora dachte an den Augustmorgen vor ein paar Wochen. Sie hatte den Fernseher eingeschaltet, auf Rügen – sie war mit Wolf im Urlaub auf Rügen gewesen – und die Elbe gesehen. Im Morgenfernsehen. Die Elbe war kaum wiederzuerkennen gewesen. Jess glaubte, daß nirgends dazuzugehören sich für sie inzwischen wie dazugehören anfühlte. Zu Hause war sie dort, wo es Leute gab, die sie mochte. Doch so einfach war es nicht: Zu Hause war auch ein Ort. So dachte jedenfalls Dora. Etwa die Elbe hier. Auch wenn alles ganz leer gewesen wäre, menschenleer. Oder überhaupt keine Lebewesen mehr da. Manchmal wünschte sich Dora das.

Ihre Schuhe machten Sandpapiergeräusche, als sie über die Terrasse gingen. Katzenpfoten waren lautlos. Die ganze Katze war lautlos, ganz Auge. Ihre Augen braun, wie die von Jess. Sie gingen in einer Reihe. Jess war, als ziehe der Fluß sie an der Jacke nach hinten. Sie fiel zurück. Dora und Wolf vor ihr berührten sich nicht. Das war nicht nötig. Jess fühlte sich nicht hungrig, im Gegenteil. Der Fischer stand noch immer da, in seinem roten Overall, und fischte. Das Rot konnte man nicht mehr sehen.

Dora fuhr. Der Wein zirkulierte in Jess' Gehirn. Jess saß hinten. Doras roter Mund stand im Innenspiegel und schwieg.

Zu Hause. Zu Hause, dachte Jess. Ich glaube, sie dachte daran. Später sprach ich mit Wolf darüber. Er dachte auch so von ihr. Er kannte sie schließlich länger als ich.

Zu Hause fragte Dora Jess, ob sie nicht etwas vom Vorabend essen wolle.

»Bist du hungrig?« fragte Dora.

»Wir waren ja essen«, sagte Jess.

Es gab noch Salat. Jess sagte danke. Auf dem Tisch lag ein riesiger blauer Schaltplan. Technik war wichtig. Doch wer spricht schon gern davon.

»Da ist auch Hühnchen drin«, sagte Dora.

Das machte es schlimmer. Nun sah die Küche elend aus, schäbig, grau. Dora setzte sich aufs Sofa. Sie zog die Schuhe aus, schlug die Beine unter und lehnte sich an die linke Wand. Die Knöpfe ihrer Jacke waren geöffnet. Jess hielt sich die Hand vor den Mund.

»Müde?« fragte Dora.

Jess nickte. Man kann die Zunge nicht herausstrecken mit einer vor den Mund gepreßten Hand. Das weiß jeder. Man kann auch nichts sagen. Als Silhouetten in den schwarzen Gläsern der Fenster, unvollständig, saßen Dora und Jess noch einmal da.

Als Jess im Bett lag, träumte sie, eine ihrer Hände berühre etwas Weiches und Warmes. Vertrauensvoll. Jess wachte auf. Ihre Hand hing aus dem Bett, berührte den Teppich.

Sie ging, ohne Licht anzuschalten, zur Terrasse. Zuerst war die Luft wie schwarzes Einwickelpapier. Jess hörte die Äste rauschen. Es roch brackig; sie waren hier näher an der Stadt. Auch die Soldaten hörte Jess. Als ihre Augen sich an die Dunkelheit gewöhnt hatten, sah sie sie. Einige lagen im Gras, schliefen. Andere schichteten Sandsäcke näher an den Fluß heran. Der Pegel sank. Es roch nach Abfall und Schlamm. Die Soldaten gingen dem Fluß mit den Sandsäcken nach. Wie Zungen sahen die Säcke aus, weiß, klein, in der Nacht. So lagen sie aufeinander. Der Fluß, im Mondlicht, war lang und schmal und satt. Jess streckte die Zunge heraus, so weit sie konnte. Es überwältigte sie.

»Hörst du auch was?« Dora im Bett hat das gefragt. Wolf hat sie gefragt, der neben ihr liegt. Aber Wolf schläft. Also hat er nichts gehört. Oder wenn er etwas gehört hat, kann er es nicht sagen.

Jetzt ist Dora allein. Jess streckte die Zunge heraus. Der schwarzen Nacht war das egal. Dem Fluß auch. Den Bäumen. Aber das machte nichts: Gesten sind eine Technik, sich selbst zu verstehen.

»Doch wer spricht schon gern davon, von Technik«, sagte Jess am Telefon.

Ich hatte sie endlich erreicht. Am Morgen nach dem Restaurantbesuch war das Gästezimmer leer gewesen. Jess mit allen ihren Sachen verschwunden.

»Andere erröten«, sagte sie. »Wir strecken die Zunge heraus. Wie um etwas auszuspucken. Aber, Dora, es funktionierte nicht.«

Sie meldet sich nicht mehr. Ich sehe den Fluß an und denke an sie. Er ist nicht mehr gelb, er rollt brav in seinem Bett.

Der grüne Koffer

Wie Ameisen, die über einen Container kriechen und dann plötzlich über die Kante verschwinden, abstürzen ins Nirgendwo einer vergangenen oder zukünftigen Zeit, kippen die Minuten weg zwischen dem Augenblick, in dem ich beschließe: Jetzt gehe ich, und dem Knall, mit dem die Tür ins Schloß fällt. Doch da muß eine riesenhafte Lücke klaffen, denn beinahe versäume ich wieder den Zug. Ich kenne diese Schübe schon, eine Sekunde, dann die nächste: *jetzt, jetzt, jetzt ...!* Andere hingegen sagen, es seien Stunden vergangen, und die Bahnhofsuhr gibt ihnen recht. Nur Hund steht weiterhin unschuldig neben mir, dort, wo wir den Lichtern des Zuges hinterhersehen. Er gähnt noch nicht einmal, um das Kauen der Minuten vor mir zu verstecken, ich allerdings erkenne es trotzdem, ich durchschaue ihn längst, den ganzen Schlund hat er wieder voll damit. Während wir laufen, schmeichelt er mir flink um die Beine. Aber danach verrät er sich jedesmal. Seine Räder quietschen, doch ich verzeihe ihm sogar das, denn wir sind schließlich, eben fällt es mir wieder ein, ein altes Gespann. Viele Reisen haben wir schon zusammen gemacht. Wie gewandt er hinter mir herrattert, nach links ausschert, dann nach rechts, etwas schwankt, noch mehr, macht so schnell ihm keiner nach. Auf diese Weise täuschen wir gemeinsam eine gerade Linie vor, wie man das nur zu zweit kann, gehen geradeaus und bleiben uns treu.

So sollte es sein.

Wir nähmen den nächsten Zug, kämen ohne große Umstände bei dir an. Doch immer wieder geschieht es, daß ich ein anderes Fenster berühre. Es ist, als schaute ich Hund direkt ins Maul. Ja, er hat erneut eine Zeitfranse gefressen. Ich ziehe an dem grünen, festen Faden, Hund knurrt, ich ziehe, endlich rutscht etwas heraus:

Wir haben beschlossen, gemeinsam in eine Wohnung zu ziehen. Von der Herumkriecherei zwischen fremden Kisten habe ich genug. Auch Hund soll mit. Tatsächlich geht es darum, ihn unterm Bett hervorzubekommen. Raus da! Er verkriecht sich in entscheidenden Momenten gern, am liebsten in einer Biotonne, Regenrinne oder im Inneren meines Spanns. Doch alles muß mit!

Hund war, glaube ich, ein Geschenk meiner Mutter:

– Dieser kleine grüne Koffer wird dir gute Dienste leisten.

Mutter war praktisch. Sie lebte mir vor, wie man lebt, steckte sich die Haare hoch, dezent geschminkt, eine »elegante Erscheinung«, auf Blicke getrimmt.

Nun, die Sache mit Hund war wohl anders. Er ist vor einigen Jahren gestorben. Nehme ich an. Plötzlich jedenfalls ging er verloren. Das kam so: Ich hatte an einer Stelle gelegen, an der ich nicht sein sollte. Es war ein heller, warmer Nachmittag, frischgrün roch das Gras am Ufer des Sees. Meine Klassenkameradinnen schliefen, nur ich wachte aus irgendeinem Grund auf. Da sah ich, wie er aus dem Wasser stieg. Obwohl er naß war, erkannte ich ihn sofort, und er konnte seine Schönheit nicht vor mir verbergen, auch wenn er wegtrat und sich hinter die nächste Biotonne verkroch. Damals waren wir beide, er und ich, noch sehr jung, und der Hof, in dem die Tonne stand, auf allen Seiten umbaut. Er gehörte mir nicht; auch der See, in dem wir gebadet hatten, wurde auf allen Seiten von hohen Felsen umschlossen, von denen übrigens ständig sehr schöne Springerinnen ins Wasser pfeilten, *da habe ich, meinem Aussehen ganz entgegen, sie mit durchaus männlichen Gefühlen betrachtet ... komm zu mir, höre, ich will dir was sagen*, wollte ich rufen, *Hund*! Er aber war weg. Die Springerinnen gefielen ihm nicht.

Ich kannte mich in der Gegend kaum aus, fand aber stehenden Fußes ein Zimmer. Das ich nicht sofort erhielt, die Wirtin war ... sehr beschäftigt. Als sie – stundenlang hatte ich gewartet – endlich kam, drückte sie mir die Magnetkarte wortlos in den Ausschnitt, den ich zur Tarnung bereits mit schwarzem Brusthaarimitat (das auch ordentlich bebte, so atmete ich) ausgestopft hatte, denn ich wußte, wie in diesem Landstrich mit Töchtern umgegangen wurde, oder, wie war es: Ich kannte sie doch, die Mütter.

Drei Tage stand ich dann am Fenster, das, klippenhoch, auf den Hof hinausführte. Ich hatte natürlich das Fernrohr in der Hand, das ich an einem kleinen goldenen

Kettchen immer um den Hals trage, und beobachtete die Tonne, BIS SIE DORT STAND, doch ohne auch nur den Schatten des Hundes sehen zu können, einen Fetzen des Schattens des Hundes zu Gesicht zu bekommen; die kleinste Bewegung, die geringste Verschiebung der Helligkeitswerte hätte ich ja sofort erspäht. Für mich hatte ich weichen Brotteig mitgebracht, den ich den ganzen Tag zwischen den Fingern rollte, ich formte Halbmonde, wie die Akzente der Kaffeetasse hier auf dem Tischtuch, sagte die Wirtin, mit der ich den halben Nachmittag am Küchentisch verbrachte, neben dem weißen vitaminhaltigen Teig.

Als es bereits dämmerte, ging ich hinunter, eilig Fuß vor Fuß setzend, erst den einen, dann den anderen, ganz ordentlich. Meine Füße waren nackt und steckten in durchsichtigen oder beinahe durchsichtigen Nike-Schuhen, so daß ich die abfallende, nach unten verkümmerte Linie meiner Krüppelzehen, so sagte Mutter immer dazu, sehen konnte. Hund hatte sich das Maul mit Fransen gestopft, Hund war jetzt nicht zu entdecken, auf diesen Füßen, ich, doch nicht zu schnell, durch den Hof, bückte mich FÜR ALLE ÜBERRASCHEND blitzartig und deponierte einen losen Knochen hinter der Tonne. Den hatte ich dabei. Konnte man das Fügung nennen? Oder war er nur Plastik?

Dann schloß ich das Fenster, es wäre nicht mehr zu sehen gewesen.

In der Nacht kroch ein S durchs Zimmer, schlangiggrün, von links nach rechts, erst langgestreckt, schmal, dann kurz und abgeflacht, schleckte es schließlich diagonal über meine Brust. Das ist eine Annahme. Ich schlief schließlich fest und tief. Schon am nächsten Abend kroch der Schatten des Hundes um meine Füße. Verborgen hinter der Tonne für Verpackungsabfälle hatte ich gewartet, kaum kam er, streckte ich die Arme aus, meine Brust dehnte sich, wuchs ihm entgegen, die sanften Kuppen der grünen Hügel, die wie in den Himmel gesaugte Landschaft, die uns umschloß. Ich hatte Hund wieder. Er und ich waren noch sehr jung, wie gesagt. Ich jubelte und schloß die Augen. Das Fenster, wie das eines Zuges getönt. Mein Gesicht erschien darin verzerrt, doch das machte nichts. Eng an mich gedrückt trug ich Hund durch mein Zimmer, streichelte ihn über den heißen Fötenkopf eine Nacht lang in mein Bett. Alle Lichter waren gelöscht, und nichts kam, um uns zu stören.

Am Morgen lag Hund, dieser Hund, kalt da. In seiner ausgesuchten Starrheit trug ich ihn schnellen, aber nicht zu eiligen Schrittes, allerdings zielgerichtet, hinter die Tonne an seinen Platz. Kaum war ich zurück, betrat lächelnd die Wirtin mein Zimmer. Sie hatte Hund längst bemerkt und sagte: EIN NEUER HUND IST IMMER MÖGLICH, denn sie war Philosophin. Sie forderte mich auf, nicht traurig zu sein. Das Nachmittagslicht stand in dicken Falten in ihrer Wohnung. Der Kaffee, den sie mir anbot, war stark. Leider hatte die Geschlechtsumwandlungspraxis, von der die Wirtin eigentlich gelebt hatte, nicht von der Hand in den Mund, lachte sie, zumachen müssen, WEGEN DER NEUEN GESETZE, und noch bevor ich sie fragen konnte, was das heiße, sagte sie nur, daß viele meiner Art hier …, ach so, sagte sie: Wohnungssuchende, kämen zu ihr.

Als sie schon in der Tür stand und die rechte Hand auf der polierten, silbern glänzenden, sehr funktionalen Klinke noch einen Moment RUHEN LIESS, gab sie mir zu verstehen, daß ihr der Geruch in meinem Zimmer nicht mehr gefalle, und zeigte mir wie aus Versehen ihren Rükken. Er löste sich langsam und zugleich sprungartig auf, mit den Bewegungen eines unterhöhlten Areals, das man aufgeben muß, also so, daß das Fleisch gewissermaßen bröckchenweise zerfiel, ausgewaschen wurde und Stückchen um Stückchen abrutschte – ein Steinbruchgelände, das wie ein in seine Einzelbilder zerschnittener Film von Bewegung zu Bewegung springt, dort, wo man den eigenen Rand nicht kennt oder keinen hat, wie die Mandelbrotfranse, dort, wo … – für eine Sekunde dachte ich, Hunds Kopf, an sie geschmiegt, an ihr geborgen, zwischen ihren weißen Schulterblättern hervorlugen zu sehen. Ich schrie auf. Doch als ich in den Spiegel schaute, der der Tür gegenüberhing, sah ich nur, wie ich selbst die Tür zumachte und ging.

So bin ich hier eingetroffen, es ist wichtig, daß Hund gestorben ist, sagst du, während ich dir über den Fuß streichle, deinen hohen Spann. Meine Mutter ruft, entgegen aller Erwartungen, bei diesem Einzug nicht als erste an; du wischst dir die Haare aus dem Gesicht, als du aufstehst, um die Kaffeekanne zu holen, der Ansatz deiner Brüste spiegelt sich in der Rundung meiner Tasse, in meinem Gesicht. Hund, der kleine grüne Koffer meiner Mutter – bestimmt vergaß ich, das zu erwähnen –, steht neben mir, während du unter mir liegst, dich streckst, nach meinen Händen greifst, sie führst. Meine Haut prickelt, als kröchen 1000 Ameisen darüber, die Minuten fallen weg, über die Kante, so langsam, wie du die Augen öffnest, wie du die Augen schließt.

Europa

Fünf Uhr morgens, die Koffer gepackt. Ich mußte frühstücken, der Fahrer rauchte bereits die zweite Zigarette, es würde durch die Alpen gehen, die Tunnel entlang, aber am Ende glitzerte immer ein Licht. Zuerst allerdings glitzerte der Boden der Cellophantüte, die die Beifahrerin mir nach hinten gab, denn ich saß hinten und kotzte, wie immer nach dem Frühstück um fünf. Selbst unter den Alpen in Tunneln kotzte ich, weil man unter einen Berg nur kam, wenn man eine Weile in Kurven über ihn gefahren war. Der Boden der Tüte glitzerte dann nicht mehr, der Bauch unter meinem Kleid saß straff, bleich wie mein Gesicht. Der Fahrer rauchte die 30. Zigarette, und mir war seit Stunden schlecht.

Neben mir auf dem Rücksitz spielten meine Schwestern. Jede unserer Puppen fuhr mit einem Paß, in jedem Paß klebte ein Bild der Puppe, jede war in ihrem Lieblingskleid gemalt. In unseren Pässen stand als unser Besitzer *Bundesrepublik Deutschland*, ich war zehn und las mühelos, während meine jüngste Schwester noch nicht einmal das R richtig aussprechen konnte. Vater fuhr und rauchte, damit er die Straße nicht so genau sehen mußte, denn sie war lang, nach den Bergen ging es immer geradeaus. Zwischen den Zigaretten steckte er sich eine Pfeife an, kaum hielten wir auf einem Parkplatz, zog er einen der orangen Beutel mit niederländischem Tabak – er rauchte nur diesen – aus seiner Hosentasche und stopfte nach. Irgendwann am Nachmittag sagte Mutter im Beifahrersitz: Da ist das Meer. Es glitzerte wie der Boden der Cellophantüte, aber das machte nichts.

Als wir ausstiegen, regnete es, doch selbst der Regen war weicher hier und roch nach Kiefernnadeln und etwas, was Mutter Thymian nannte. Rhododendren standen in großen Tonkübeln auf der Eingangsterrasse, zwischen den Pflastersteinen wuchs Gras, überall tropfte und gluckste es. Ein Stück unter der Südveranda des Hotels, dessen hundert grüne Fensterläden beim kleinsten Windstoß klapperten, lag mitten in einem sandigen Garten der Swimmingpool, ein Stück hinter dem Pool lag der Strand, verziert von windgezausten Bäumen und Sträuchern, hinter denen, grau und ölig wie ein gestrandeter Fisch, das Meer lag. Dazwischen war alles voll mit Leuten wie uns. Monika sprach deutsch, aber kam aus Graz, sie war fünf Jahre älter als ich, hatte lange braune Haare und einen Busen, der sich exakt so weit nach vorn wölbte wie ihr Hintern nach hinten. Ich sollte endlich schwimmen lernen, es war höchste Zeit, sie konnte es natürlich längst. Am ersten Abend stand sie an unserem Tisch, Monika begrüßte zuerst meine Mutter, dann meinen Vater, beiden gab sie die Hand, ganz wie ihre Tante, seit vierzehn Tagen waren sie schon da. Auf Monikas dunkelbraunen Armen schimmerten helle Härchen. Sie roch nach Kokos und trug rote Kirschspangen im Haar.

Am nächsten Morgen schien die Sonne, doch Regentropfen hingen noch in der Hecke am Straßenrand, tausendmal stand ein johannisbeerfarbenes gekrümmtes Haus darin, neben hochaufragenden Pinien und Kiefern. Seine Außentreppe, gewunden wie ein nasses Handtuch, führte zu unseren Zimmern hinauf. Ich lief auf der Mauer, die die Straße begrenzte, graubraune Eidechsen huschten vor mir davon. Sie sahen mich kommen, denn mein Schatten lief mir voraus, und später, viel später, als ich auf der Suche nach einem Gedicht, das Großvater gern zitierte, las, daß Gedanken durcheinanderlaufen wie Eidechsen in der Sonne – es aber auch große Gedanken geben soll, Krokodile, festliegende, dachte ich an die Tage in Ankaran. Als es wieder regnete, bürstete ich mein Haar vorn über den Kopf oder machte das Europapuzzle. Jedes Land hatte eine eigene Farbe und ganz eigene Form. Jugoslawien: pink. Lang und leicht zu finden, es lag am Meer. In das große hellblaue Stück Adria ließen auch Italien und Griechenland sich gut einhängen. Ich dachte, daß all dies der Süden sei, aber Mutter sagte, Jugoslawien ist der Osten, wie Bulgarien, Rumänien, Ungarn und Rußland. Frankreich, Portugal, Italien und Griechenland hingegen ergaben den Süden. In meinem Kopf lagen die südlichen Länder nebeneinander am unteren Rand einer Seite und die östlichen alle übereinander am rechten Rand, sie berührten sich nicht. Während ich das Puzzle machte, kämmten sich meine Schwestern. Wir hatten nur eine Bürste. Ihre Haare waren kürzer als meine. Nur der Regen fiel in langen Strähnen, die silbern glänzten wie das Haar keiner unserer Großmütter.

Als der Regen aufhörte, roch es am Swimmingpool nach Chlor. Das Meer lag noch immer faul hinter seiner hüfthohen Mauer, doch es war hellblau und plätscherte leise, als hinge es am Telefon mit einer alten Tante und sage immer jaja, jaja. Mutter trug einen grün-orange karierten Badeanzug aus Frottee. War er naß, saugte er sich in ihren Nabel. Sie beobachtete meine Schwestern, die vom Bekkenrand des Pools mit zugepreßter Nase und angewinkelten Beinen wie Frösche ins Wasser sprangen. Das Licht spiegelte in den Kacheln. Wacholdersträuße und Thujen standen in dem großen Garten hinunter zum Meer. Ich suchte Monika.

Sie saß auf einem Tom-und-Jerry-Handtuch und rieb sich mit fast schwarzem Tirolia-Nußöl ein. Es roch nach Kokos. Sie selbst war braun wie das Öl, ihre Zähne blitzten weiß wie die Kokosraspeln, die es zu Weihnachten gab, und ihre Haut war glatt wie die Schwanzfedern unseres Kanaris. Das konnte ich so genau sagen, weil ich Monikas Rücken einrieb. Sie hatte Haare unter den Achseln, wie Mutter, aber Mutter rasierte sie weg. Hoch über uns zog eine Lerche eine Spirale. Die Wellen überschwemmten den Strand mit metallisch blauem, leuchtendem Wasser. Da bist du ja, sagte

Vater, der auf Jerrys Kopf saß, bevor ich es sagen konnte, zu ihm.

Danach regnete es wieder. In dem Zimmer, das ich mit meinen Schwestern teilte, klebte eine Karte von Ankaran auf der Tür. Das Hotel lag am Ortsrand, ein roter Punkt, umgeben von einem grün ausgemalten Garten. Selbst der kleine Laden, in dem Mutter Äpfel kaufte, bevor wir ans Meer gingen, war eingezeichnet. Dort rochen die Straßenbäume besonders gut, doch im Laden war es dunkel. Ein Mann mit rundem Gesicht und Schnurrbart hing an der Wand, der Putz bröckelte ab. In unserem Zimmer roch es nach frisch gebügelter Bettwäsche und Mottenkugeln. Ich sah dem Regen zu, wie er auf die Dachziegel der Häuschen weiter unten fiel, bis sie glitzerten wie der Regenmantel des Polizisten, der uns über die Grenze gewunken hatte. Vater rauchte und fing von dem Kater an, den er gern gehabt hätte. Meine Schwestern stritten sich um die Türkei, Hauptstadt Ankara, hellrosa. Mutter sagte, nehmt doch Deutschland, davon gibt es zwei.

Der Mann, der in dem kleinen Laden Äpfel verkaufte und Eis, trug eine Mütze mit Schirm. Unter seinem Schnurrbart liefen braune Falten. Der Mann auf dem Bild über ihm hatte genau denselben Bart, nur dichter, er hieß Tito, was so ähnlich klang wie der Name des kleinen Affen in Daktari. Vater sagte, das ist der Osten, Jugoslawien war abgemilderter Osten, so daß wir dorthin fahren konnten. Im Osten gab es zuwenig zu essen. Das war in Jugoslawien anders. Osten heißt die Russen, sagte Vater. Die kannte ich schon.

Von den Russen war nur ein kleines Stück auf der Europakarte zu sehen; violett. Immer wenn Vater an die Russen erinnert wurde, dachte er an den Kater. Und wenn er an den Kater dachte, dachte er an die Sprengung. Wenn er von der Sprengung erzählte, wußten wir alle sofort, daß es auf den Kater hinauslaufen würde, doch nur Mutter seufzte. Bevor wir das Haus verlassen mußten, sagte Vater, sprengten wir die Mülltonnen in die Luft. Die Russen sollten es nicht leichthaben, sie sollten nichts finden, weh tun sollten sie sich, verrecken sollten die! Die Mülltonnen einer Getränkefabrik sind logischerweise voller Glasflaschen. Nach der Sprengung war der Hof daher logischerweise mit Scherben übersät, wie ein Collier leuchtete das, sagte Vater, ein funkelndes Collier auf dem Asphalt, grün und weiß und braun. Und der dumme Kater, ein riesiges, pechschwarzes Vieh, tappte hinein, sagte Vater, denn er war wild, aber wurde zahm, wenn es um Cola ging. Cola liebte er, an allen Flaschenhälsen wollte er lecken, süchtig nach Coke, das Vieh. Wir nahmen ihn mit auf die Flucht, sagte Vater, doch seine zerschnittenen Pfoten entzündeten sich, es war sehr kalt, zu essen gab es fast nichts, und der Kater starb.

Es war ein quirliger Kater, sagte Großmutter, wenn sie davon hörte, und schüttelte die dunkelgrauen Locken. Er machte nicht viel Arbeit, sagte sie, zog die Schultern vor und sah Mutter pfeilgerade an: Erfüll ihm doch diesen Wunsch! Mutter schüttelte den Kopf, Großmutter, größer als Mutter, richtete sich auf und schüttelte ebenfalls den Kopf, die Polen haben ihn gefunden, sagte sie dann, es machte nichts, daß wir ihn nicht mitnehmen konnten, bestimmt hat jemand ihn versorgt, er konnte ja nichts dafür.

Als es endlich nicht mehr regnete, saßen wir wieder am Strand. Ich suchte Monika, um ihr das Titobild in dem Laden zu zeigen, konnte sie aber nicht finden. Nur Vater kam an, humpelnd. Er hatte sich an einer Scherbe im Meer den Zeh aufgeschnitten, ja er schnitt ihn sich fast ab in dem Meer, um das die hüfthohe Mauer ging. Ich lag in der Sonne und roch nach Kokos, ich lag auf Monikas, oder hieß sie Marion?, also Monikas oder Marions Matte und hatte mir etwas von ihrem Tirolia genommen. Sie war noch immer verschwunden. Auch Florian schien sie nicht zu finden, hochmütig wie eine Elster stakste er schon zum dritten Mal an mir vorbei. Er war 17, hatte zwei große Pickel am Rücken, zwei kleinere in der Badehose. Sein Piz Buin schien wenig zu helfen, denn seine Haut war weiß und sah im Zusammenspiel mit seiner schwarzen Badehose aus wie frisch aus der Waschmaschine. Jedesmal, wenn Monika bei uns lag, kam er vorbei. Mutter lachte über ihn.

Vater saß auf unserer Luftmatratze und hielt sich ein Taschentuch auf den Schnitt. Sein großer Zeh kam mir vor wie eine nackte Schnecke, nur mit Knochen. Es war nicht schön, den Knochen so daliegen zu sehen. Mutter sagte, dann schaut eben weg, Kinder, besorgte schnell noch ein Erdbeer-Cornetto für jede und stieg mit Vater in den Krankenwagen, der durch die rindigen Strandbäume herangetockert kam, die aussahen wie abgeerntete Weihnachtstannen. Wir mußten uns zu den Nachbarn auf die Decke setzen. Sie sprachen deutsch. Der Mann hatte teigige Brüste mit weißen gelockten Haaren. Seine Frau, die ihren karierten Badeanzug nie auszog, las eine Illustrierte. Monika kam und wußte schon von dem Zeh, ich war traurig, denn ich hätte es ihr gern erzählt, zugleich aber war ich stolz: Der ganze Strand sprach von meinem Vater! Die Erdbeermarkschlieren im Vanilleeis sahen wie Blutspuren auf Verbandsmull aus, die darüber gestreuten Nußstückchen wie Zehennagelsplitter. Monika sagte ich das nicht; ich gab ihr mein Eis.

Sie küßte mich auf den Mund. Ihre Lippen waren weich und fest zugleich, ich spürte die Zähne dahinter. Sie schmeckte wie Marillenknödel, mit Zucker und Zimt, überknusterter Gries, eine frische Frucht darin, wenn man weit genug kam.

Am Abend fuhren wir nach Istrien, um den Schreck zu begießen. Wie ein Fersendorn hockte es unter der Bucht, an der wir wohnten. In Istrien gab es noch mehr Cevapcicispieße als im Hotel. Eine große Kanne mit rotem Wein stand auf unserem Tisch. Karmesinrot wird aus Läusen gepreßt, sagte Vater, und Monika lachte. Sie und ihre Tante hatten uns begleitet. Vater trank viel Wein, logischerweise, sagte er, um das aus dem Zeh gelaufene Blut zu ersetzen. Ich hätte Marion-Monika gern die Laus gezeigt, die auf meinen Teller gefallen war. Sie sah aus wie eine Laus zuhaus, aber vielleicht sah man bei Läusen die nationalen Unterschiede nicht so genau. Läuse waren zu klein. Oder unsere Augen zu groß.

Vater trank viel Wein, das betäubt, sagte er, nein, der Schnitt im Zeh, sagte er, tut nicht mehr weh. Die Karaffe auf dem Tisch wurde immer durchsichtiger, und wir durften jeden abgegessenen Cevapcicispieß hinter uns auf den Boden werfen. Er war dünn und weiß wie ein Ästchen von den abgeschälten Tannenbäumen, die am Strand standen. Mutter sagte, daß das Pinien seien, aber ich glaube nicht, daß es stimmte. Vater glänzte rot und heiß, als er erzählte, daß die Russen ihm den Kater vom Schoß rissen, sie hatten den Flüchtlingszug eingeholt und ihm, dem Kater, ein Messer in die Brust gerammt. Dann brieten sie ihn an einem Spieß über offenem Feuer, sagte Vater, und zwangen meine Mutter, sagte er, davon zu essen, aber uns, die Kinder, ließen sie damit in Ruhe.

Wenn Großmutter sich über Großvater ärgerte, sagte sie: Euer ganzer Krieg hat nichts genützt. Eure ganze Verteidigung war Dreck. War Vater wütend, sagte er: Die Russen spreizten dem Kater die Pfoten auseinander und nagelten ihn mit dem Rücken gegen die Wand, an den auseinandergespreizten Pfoten, und Großmutter nickte dazu, wenn sie auch wütend war, und mir wurde schlecht, als führe ich unter Alpen entlang, die nicht mehr aufhören wollten. Immer wenn ich Cola trank, mußte ich an den Kater denken, und deswegen trank ich an dem Abend in Istrien kein Cola, sondern einen Schluck Wein, und am Ende ein ganzes Glas. Vater lachte und legte einen Arm um mich, weil ich doch die große Tochter war, der andere Arm lag auf Marion, ich sah statt eines Katers drei oder fünf oder sieben, mit zerschnittenen Pfoten, oder angenagelt oder in Ostberlin, und sie drehten sich umeinander, und sprangen auseinander, sprudelig und schwarz wie Cola, und schön.

Mutter schaute Vater spöttisch an.

Großmutter, eine hochgewachsene Frau, klapperte ein wenig mit den Knochen, wenn sie lief. Ihr Bauch fühlte sich an wie ein Laib Brot, mit zwei dicken Semmeln obenauf. Darüber saß ein scharf geschnittener Kopf mit großer Nase und wachen Augen. Sie erzählte, daß die Russen sich über alles hermachten, was sie in die Finger bekamen, aber sie war mit meinem Vater rechtzeitig geflohen und hatte die Russen daher gar nicht gesehen, Gott sei Dank, so daß die Russen sich am Ende nur über Großmutters Marmeladen und Kompotte hermachen konnten, na ja, sagte Großmutter, taten einem ja fast leid, die ausgehungerten Kerlchen, da im April '45 in Ostberlin, mit Luise, dem jetzt ebenfalls schon alten Hausmädchen, das noch dort lebte. Meine jüngste Schwester, die noch nicht lesen konnte, hängte manchmal ein Land kopfunter in ein anderes, preßte es mit Kraft hinein, so daß ich es kaum wieder herausbrachte, ohne ein Stück abzureißen.

Ostberlin gab es nicht als Extrateil im Puzzle, es formte mit Westberlin einen Ballen fast wie ein Seestern. Außer Berlin war nur noch Irland ein zweifarbiges Stück, aber Berlin war trotzdem am leichtesten einzusetzen, denn nirgends sonst gab es in einem Land ein Loch. Das war komisch, und zugleich war ich stolz auf Deutschland, weil es drei Stücke brauchte, und jedes andere Land, bis auf England, nur eines bekommen hatte.

Großvater sagte chljeb und papirossi, wenn er über Rußland sprach, mehr sagte er nicht, weil er immer zuerst bei Polen hängenblieb. Die Polen mußten mächtig sein, ihr Land riesig, jedenfalls reichte es so weit, daß Großvater im Schimpfen nie bis zu den Russen kam. In dieser Hinsicht war das Puzzle enttäuschend, es zeigte Polen als kleines hellgrünes Land, während doch Großvater stets traurig sagte: »Finis Poloniae – / eine Redewendung, / die abgesehn von ihrem historischen Inhalt / das Ende großer Reiche / bedeutet.« Dann zitierte er das Gedicht weiter, riesige Regen und Selbstgespräche kamen darin vor. Doch einmal, als er nicht wußte, daß ich zuhörte – er und Vater saßen im Wohnzimmer, ich drückte mich im Halbdunkel an den Türrahmen, wo Großvater Striche machte, um unser Wachsen zu markieren, und es nach altem Holz roch –, da erzählte Großvater von Rußland, nachts im Lager, vom großen, streng bewachten Getreideschuppen. Im Sommer, wenn der Getreidehaufen klein war, machten die Russen dort Treibjagd, sagte er, machten es nachts. Alle Gefangenen zum Appell in den Hof, angezogen, in

Reih und Glied. Unter Flutlicht, sagte Großvater. Wer neu war, mußte den Russen helfen. Feuchte Holzscheite anzünden und in den Getreideschuppen halten, viel Rauch sollte entstehen. Am Tag war an drei Seiten des Speichers ein Maschendraht gespannt worden, nur eine Seite blieb offen, dort rissen sie sogar die Tür auf. Zwanzig Meter vor ihr hatten wir ein Becken gegraben, nicht tief, keine schwere Arbeit. Wenn es genug rauchte, kamen die ersten, kurz darauf stürzten sie zu Hunderten aus dem Bau, kleine braune Mäuse, und rannten stracks auf das Wasserbecken zu. Unsere Neuen mußten sie noch mit Stöcken antreiben, verhindern, daß eine auskam, manchmal, wenn es besonders gut lief, schossen die Russen auch dazwischen, auf die Mäuse, konnte auch mal einen Streifschuß geben, na ja, sagte Großvater, alle waren doch nervös, darüber durfte man sich nicht beklagen. Das Flutlicht warf den Platz taghell gegen sich selbst, der Rauch brannte in den Augen, an den Hofausgängen standen je zwei mit Gewehren im Anschlag und beobachteten uns. Wir sahen die Mäuse auf ihrer sinnlosen Flucht, die kleinen schwarzen Körper, wie sie liefen – ins Sommerbad. Sie kamen uns vor wie wir selbst. Und ertranken alle im Bekken, erstickten oder wurden totgeschlagen. Eine kopflose Armee, das Lager roch nach ihrer Angst, ihrem Blut, sie quiekten wie eine Armada kleiner Teufel, trampelten sich gegenseitig tot. Aber wirklich gruselig war, sagte Großvater, daß es uns wie den Russen Spaß machte zuzusehen, daß wir den Russen dankbar waren, daß sie uns teilnehmen ließen, daß wir lachten über unsere Neuen, die sich die Hosen nicht zugebunden hatten, so daß ihnen nun unter der Kleidung die Mäuse wuselten, und wie, in ihrer Panik krochen die noch ins Arschloch! Wie die Neuen sich wanden und schrien, wie wir lachten, und die Russen lachten und schossen ein bißchen, das war unser Frieden, sagte Großvater, und das Getreide war gerettet.

Später träumte ich oft von der Treppe, die zum ersten Stock des johannisbeerroten Hauses führte. In einem knapp über den Knien endenden Kleid ging ich ihre Stufen hinab, immer hinab. Unten standen Männer, unten waren Augen und sahen mich an. Ich war eine Frau, und als Frau ging ich mit meinem ganzen Körper, mit einem Gefühl zwischen den Beinen bei jedem Schritt, dem Reiben und Schieben an den Schenkeln, hinab und schaute mir dabei zu. Später dachte ich beim Einschlafen an diesen Traum, wenn ich etwas Schönes träumen wollte. »Später«, das waren damals vier oder fünf Jahre. Die Hälfte der Zeit, die ich bis dahin überhaupt gelebt hatte. Wahrscheinlich kann man das »später« nennen. Viel eher, als ich heute, dreißig Jahre danach, etwas als »später« bezeichnen kann. Alles ist fort, was damals war, und die Zeit fängt an, sich merkwürdig zu dehnen, wenn ich zurückdenke. In dem johannisbeerfarbenen Haus, will mir scheinen, begann sie, durch mich hindurchzulaufen.

Vielleicht war es aber auch so: Am nächsten Tag waren über Nacht im Hotelgarten fingernagelgroße, sternförmige Blumen erschienen. Wie Flämmchen brannten sie auf den Tiefen des Grüns. Fliegen, viel kleiner als zu Hause, schwirrten über der Hotelterrasse. Sie leben nur einen Tag, sagte Mutter, und so heißen sie auch. Ich konnte mir nicht vorstellen, wie ein ganzes Leben, das doch von meiner kleinsten Schwester bis zu meiner Großmutter reichen mußte, in einen Tag passen sollte. Als sich dann beim Essen eine Gottesanbeterin auf unser Tischtuch setzte, wußte Mutter erneut sofort Bescheid, was mich wunderte, denn Tiere erkannte sie sonst nie. Aber die jugoslawischen Tiere schienen ihr alle vertraut, da sie ihre Hochzeitsreise nach Jugoslawien gemacht hatte. Das war erst zehn Jahre her. Damals, DAMALS, in der unvorstellbaren Zeit vor meiner Geburt, war in Mutters Suppe am ersten Abend im Hochzeitshotel eine Fliege geschwommen, auf der ersten gemeinsamen Reise mit Vater, vor der ersten offiziellen gemeinsamen Nacht. Vater fischte die Fliege mit einem silbernen Löffel, die es damals noch in jugoslawischen Hotels gab, aus der Brühe. Grünschimmernd lag sie auf dem Rücken. Selbst die Beinchen, die sechs kleinen, in die Luft gekrümmten Beinchen, warfen kleine Schatten auf die Riesenschale des Silberlöffels. So war das Licht, damals in Jugoslawien. Monika saß an unserem Tisch und zog eine Schnute, die ich nicht verstand.

Ankara steckte in Ankaran und gehörte doch nicht dorthin, und tot steckte in Tito, obwohl Tito lebte und überall hing. Ich sah ihn im Bus, mit dem wir auf einen Ausflug fuhren, im Hotelrestaurant, und jeden Morgen über den Äpfeln, wo ich ihn auch Florian zeigte, den ich im

Laden traf. Abends machte ich das Puzzle. Ich konnte es inzwischen schnell und drehte es gern auf den Kopf, so daß der Norden unten lag, wie Finger streckten die Länder sich nach mir. Meine mittlere Schwester malte. Sie hatte zwei Seiten Papier so auf ein Blatt gelegt, daß ein dünner Schlitz zwischen ihnen klaffte. Die Mine quietschte, als sie den Stift durch ihn zog. Diesen Trick, eine gerade Linie zu ziehen, mußte ihr jemand erst vor kurzem gezeigt haben. Sie lächelte jedenfalls, als es klappte, und hielt das Blatt hoch gegen das Licht überm Tisch, um ihr Werk zu prüfen. Vater schläft schon, sagte Mutter, seid nicht so laut, und schickte auch uns ins Bett. Sie blieb auf, ich sah sie mit einem Buch unter der Stehlampe sitzen, als ich mich an die Wand des dunklen Flurs preßte und zur Haustür schlich. Mutter, im gelben Licht der Lampe, mit einem grün eingebundenen Buch.

Später, als ich von der Treppe träumte, hörte ich manchmal den Ruf An-kara-n. An Kara. Kein Land im Puzzle war weiß, keines schwarz, keines hatte die Form einer Maus.

Ich lief barfuß, der Sand auf dem Weg ums Haus war noch warm, Thujen und Föhren standen als die langen schwarzen Schatten ihrer selbst im Gras. Zikaden schrubbten ihre Hinterteile als wären das Geigen. Sie lockten das Höchste aus sich heraus. Es roch nach Thymian und Rosmarin, Koriander und Meer. Ich wollte Eintagsfliegen suchen. Sehen, ob ihre Herzen so schnell pumpten, wie ihre Flügel schlugen. Monika stand an der hinteren Wand unseres Hauses, mit dem Rücken zu mir. Nur bei ihr wippte der knappe Rock mit diesem Rucken über den Schenkeln. Zwischen Monika und der Wand, der sie das Gesicht zugedreht hatte, war noch etwas, dunkler als der Rest, Monika lehnte sich dagegen und stöhnte. Ich hielt mich still, wie bei *Winnetou*. Die Zikaden schrubbten so laut – hören konnte ich nichts. Ich hockte im Gras und wartete. Monikas oder Marions Rock hob und senkte sich, mit gespreizten Armen stützte sie sich an der Hauswand ab, die Bewegungen wurden langsamer, zwei Arme kamen aus der Wand und faßten um Monikas Schultern. Die beiden standen ruhig da. Ein dünner Mond hing am Himmel, die Zikaden schrillten. Neben Monikas Ohr flammte ein kleiner Lichtpunkt auf, flackerte, verlosch. Dann roch ich seine Pfeife.

Die Gottesanbeterin auf unserem Tischtuch faltete jeden Abend die Beine nach vorn. Ich fand es dumm, daß sie nicht nach oben betete. Die Pinien rauschten. Das Licht steckte wie mit kleinen Hämmern in die Erde genagelt zwischen den Tischen, so daß die Anbeterin keinen Schatten warf. Mutter sagte, daß sie mit diesen geradeaus betenden Händen nach der Begattung das Männchen einfing und fraß.

Von da an schien die Sonne ununterbrochen. Wahrscheinlich weil es so heiß war, erzählte Vater die Geschichte vom Kater in Eis. Die Russen haben den Kater nur verwandelt, sagte er, zum Scherz, mit Wasser haben sie ihn übergossen, das hassen Katzen natürlich, aber so kalt sei es gewesen auf der Flucht, daß das Wasser am Kater quasi sofort zu kleinen und größeren Zapfen gefroren sei, der Kater habe sich sehr gewundert, sei herumgerannt wie verrückt und habe dabei, zu aller Unterhaltung, geklimpert wie tausend Glocken und sehr hübsch ausgesehen. Natürlich sei das Eis am warmen Kater wieder geschmolzen und habe keinen Schaden angerichtet, außer dem Schrecken. Aber, sagte meine mittlere Schwester, an der Erkältung ist er dann doch gestorben!

Im Sand des Hotelgartens blitzten Glasscherben und aufgerissene Eistüten. Ihr alubeschichtetes Inneres war wie ein Spiegel. Im Puzzle fehlte plötzlich ein Teil. Die Spitze der Tschechoslowakei bohrte sich oben in Deutschland hinein und unten ins Leere. Wir stritten uns, wer Österreich verloren hatte, bis Vater versprach, zu Hause ein neues Puzzle zu kaufen. Es war das erste Mal, daß dieses Wort, »zu Hause«, wieder fiel. Wir waren auf dem Weg nach Lippizza. Alle Pferde dort mußten weiß sein, doch auf die Welt kamen sie schwarz. Das Weiß steckte in den schwarzen Fohlen wie der Knochen im Zeh. Okay, sagte Vater, ich habe es mir überlegt. Wenn ich es recht bedenke, ja, jetzt ist es mir eingefallen, unser Hausmädchen von früher, ihr wißt schon, hat den Kater mitgenommen, sie lebt in Ostberlin, besuchen kann man sie dort nicht, aber den Kater hat sie immer sehr gemocht, und wenn er nicht gestorben ist, dann lebt er heute noch bei ihr.

Vaters Zeh war verheilt, nur ein beiges Pflaster klebte noch darauf. Es hatte dieselbe Farbe wie das eine Deutschland im Puzzlespiel. Das andere war himmelblau. Mutter verzog den Mund: Darüber scherzt man nicht.

Vater sagte: Das ganze Land ist doch ein Witz.

Seit Österreich fehlte, gefiel mir das doppelte Deutschland noch besser. Es sah aus wie ein durchgeschnittenes Osterei, aus dessen Innerem Farbe lief.

Monika oder Marion war abgereist. In meiner Tasche zerfiel Österreich zu Krümeln aus Pappe. Florian saß auf der Mauer vor unserem Haus. Er rührte sich nicht, saß wie ein Stein. Da kroch eine Echse neben ihn und sonnte sich. Das dumme Tier. Er musterte sie: Blau und marillengelb war sie, eine Männerhand lang. Ich beobachtete ihn, und ich glaube, er sah mich auch. Die Schuppen der Echse glänzten wie Dachziegel im Regen, ihr Bauch wirkte weich. Wie sie huschte unter dem Netz, das Florian über sie geschlagen hatte, verzweifelt im Kreis. Er schaute es sich an. Schob eine Pappe unter den Kescher und drehte ihn um. Die Echse zappelte in der Spitze der Maschen. Florian griff hinein, riß ihr den Schwanz ab. Er tat es absichtlich. Es ging wohl leicht. Der Schwanz fiel ins Netz. Die Echse hielt Florian fest in der Hand, nur ihr Kopf schaute hervor. Panisch schnellten die Augen hin und her, panisch verwundert, daß sie nicht fortlaufen konnte, obwohl der Schwanz geopfert war. Die Augen waren groß und onyxschwarz. Ich drückte mich in den Schatten der Mauer. Florian steckte die Echse ins Netz, legte das Netz zurück auf den Mauerstein und schlug mit dem Schuh darauf. Nicht fest. Er schaute, schlug ein zweites Mal. Sie hatte den Kopf an den Stein geschmiegt. Ihr Blut war gelb, wie das Gelb von Florians Pickeln, und an anderen Stellen war es gelb, wie manche Marillen es sind, im August.

Das Licht nagelte sich mit großen Schlägen zwischen stoppeligem Gras in die Erde, als wolle es für immer bleiben. Auf dem Kai, der ins Meer hinausgebaut war, wartete ein alter Mann in einem verglasten Häuschen und las Zeitung. Am Abend setzte Mutter sich zu uns ans Bett. Den Kater hat es nie gegeben, sagte sie, er ist bloß, wovon euer Vater träumt. Aber vielleicht, sie zögerte – ihr müßt jetzt leise bleiben – zu Hause …, vielleicht. Meine jüngste Schwester schrie jippie, aber wir anderen machten schnell pssscht! und wickelten uns in unsere Decken ein.

Am Ende des Urlaubs pfeilte ich per Kopfsprung ins Schwimmbecken. Ich schloß die Beine, nahm Schwung, stieß mich ab. Vater applaudierte. Der Pool glitzerte wie die Kotztüte, aber ich sah es nicht, denn ich machte, lange vor dem Sprung, die Augen zu.

Ulrike Draesner
Mitgift

Roman, 2002, 378 Seiten, gebunden

Lukas, der Astronom, denkt in Lichtjahren, und die Entfernungen zwischen den Galaxien sind ihm vertrauter als Nähe. Auch Aloe, eine Kunstmanagerin mit wachsendem Erfolg, beherrscht die Kunst, nur die Hälfte der Wahrheit auszusprechen. Und so beginnt allmählich eine Liebe auszukühlen, die es von Beginn an schwer hatte angesichts ganz anderer Leidenschaften: Während Lukas in Chile einen neuen gigantischen Planeten entdeckt, versucht Aloe einer Person nahe zu kommen, die ihr Leben immer überschattet hat: ihrer hermaphroditischen Schwester, die immer schöner war als sie, begabter und in das Geheimnis ihrer sexuellen Identität gehüllt.

»Einer der intelligentesten Romane dieser Jahre.«
Neue Zürcher Zeitung

Luchterhand